山椒大夫

森鷗外
現代語訳　渡邉文幸

理論社

■「日本文学名作シリーズ」について

言葉の壁《かべ》をこえて、古典や名作のほんとうの面白さを体験してもらいたいと企図しました。読みやすい現代語《げんだいご》を用いていますが、原文の意味をできる限《かぎ》りそのまま伝えるように努めています。このシリーズを入口にして、さらに味わい豊《ゆた》かな、原文での読書体験へとつながっていくことを願っています。

山椒大夫
さんしょうだゆう

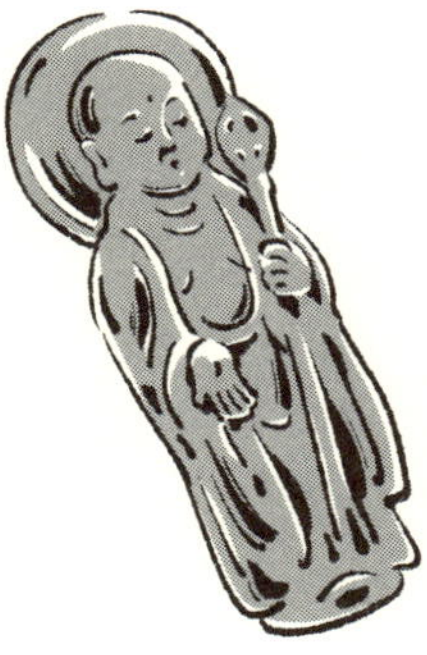

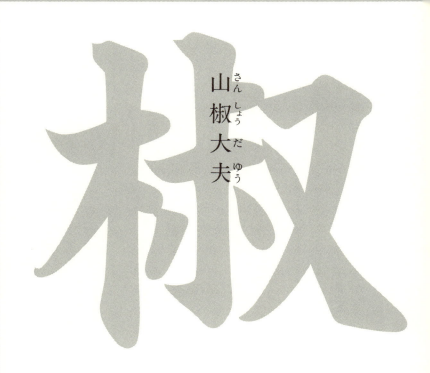

越後《えちご》（現在《げんざい》の新潟県）の春日《かすが》を経《へ》て今津《いまづ》へ出る道を、めずらしい旅人の一団《いちだん》が歩いている。母は三十歳《さい》を越《こ》えたばかりの女で、二人の子どもを連れている。姉は十四、弟は十二である。それに四十くらいの女中が一人ついて、くたびれた姉と弟を「もうじきお宿にお着きなさいます」と言って励《はげ》まして歩かせようとする。二人のうちで、姉娘《あねむすめ》は足を引きずるようにして歩いているが、それでも勝ち気なので疲《つか》れたのを母や弟に知られないようにと、時々思い出したようにとびはねるような歩き方をして見せる。近くの神社やお寺にお参りにでもゆくのなら、ふさわしくも見えそうな一団《いちだん》だが、笠《かさ》やら杖《つえ》やらきちっとした旅じたくをしているのが、だれの目にもめずらしく、また気の毒《どく》にも感じられるのである。

道はあちこちに散らばった農家の間を通っている。砂《すな》や小石は多いが、秋晴れによく乾《かわ》いて、しかも粘土《ねんど》がまじっているために、よく固まっていて、海辺のようにくるぶしまで土中に埋《う》まってしまって人を悩《なや》ますようなことはない。

わらぶきの家が何軒《けん》も立ち並《なら》んだ一画がナラやクヌギなどの雑木林《ぞうきばやし》に囲《かこ》まれて、それに夕日がかっとさしている所に通りかかった。

「まああの美しい紅葉《もみじ》をごらん」と、先に立っていた母が指さして子どもに言った。子どもは母の指さす方を見たが、なんとも言わないので、女中が言った。「木の葉があんなに染《そ》まるのでございますから、朝晩《あさばん》お寒くなりましたのも無理はございませんね」

姉娘《あねむすめ》が突然《とつぜん》弟をふり返って言った。「早くお父さまのいらっしゃる所へ行きたいわね」

「姉さん。まだなかなか行かれはしないよ」弟はかしこそうに答えた。

母がわかるように言った。「そうですとも。いままで越《こ》して来たような山をたくさん越《こ》して、川や海をお船でたびたびわたらなくては行かれないのだよ。毎日、精《せい》を出しておとなしく歩かなくては」

「でも早く行きたいのですもの」と、姉娘《あねむすめ》は言った。

一団《いちだん》はしばらくだまって歩いた。

向こうから空《から》のおけをかついで来る女がある。浜辺《はまべ》にある塩田から帰る潮《しお》くみ女である。

それに女中が声をかけた。「もしもし。このあたりに旅の人を泊《と》めてくれる家はありませんか」

潮《しお》くみ女は足をとめて、親子と女中の四人連れを見わたした。そしてこう言った。「まあ、お気の毒《どく》な。あいにくな所で日が暮《く》れますね。この土地には旅の人を泊《と》めてあげる所は一軒《けん》もありません」

女中が言った。「それはほんとうですか。どうしてそんなに気風が悪いのでしょう」

二人の子どもは、会話の調子が高くなるのを気にして、潮《しお》くみ女のそばへ寄《よ》ったので、女中と三人で女を取り巻《ま》いた形になった。

潮《しお》くみ女は言った。「いいえ。仏様《ほとけさま》の信者が多くて気風のよい土地ですが、国守《くにのかみ》（地方長官）の定めた掟《おきて》だから仕方ありません。もうあそこに」と言いかけて、女はいま来た道を指さした。「もうあそこに見えていますが、あの橋までお出《い》でなさると、それを掲示《けいじ》した立て札が立っています。それにくわしく書いてあるそうですが、近ごろ悪い人買いがこのへんを立ち回っています。それで旅人に宿を貸《か》して足をとめさせた者は罰《ばっ》せられます。隣《とな》近所の七軒《けん》が巻《ま》きぞえになるそうです」

「それは困《こま》りますね。子どもたちもお出《い》でなさるし、もうそう遠くまでは行かれません。どうにかしようはありますまいか」

「そうですね。わたしの通う塩浜《しおはま》のあるあたりまで、あなたがたがお出《い》でなさると、夜になってしまいましょう。どうもそこらでいい場所を見つけて、野宿をなさるよりほか、仕方がありますまい。わたしの考えでは、あそこの橋の下でお休みなさるのがいいでしょう。岸の石垣《いしがき》にぴったり寄《よ》せて、河原《かわら》に大きい材木がたくさん立ててあります。荒川《あらかわ》の上流から流して来た材木です。昼間はその下で子どもが遊んでいますが、奥《おく》の方には日もささず、暗くなっている所があります。そこなら風も通しますまい。わたしはこうして毎日通う塩浜《しおはま》の主人の所にいます。ついそこの雑木林《ぞうきばやし》の中です。夜になったら、お休みになられるようにわらやむしろを持っていってあげましょう」

子どもらの母はひとり離《はな》れて立って、この話を聞いていたが、このとき潮《しお》くみ女のそばに進み寄《よ》って言った。

「よい方に出会いましたのは、わたしどもの幸せでございます。そこへ行って休みましょう。どうぞわらやむしろをお借り申しとうございます。せめて子どもたちにでもしかせたり着せたりいたしとうございます」

潮《しお》くみ女は受けあって、雑木林《ぞうきばやし》の方へ帰ってゆく。四人連れは橋のある方へ急いだ。

荒川《あらかわ》にかかった応化橋《おうげのはし》のたもとに一団《いちだん》は来た。潮《しお》くみ女の言ったとおりに、新しい立て札が立っている。そこに書いてある国守の掟《おきて》も、女のことばに違《たが》わない。

人買いが立ち回るなら、その人買いを追いかけたらよさそうなものである。旅人に足をとめさせまいとして、日が暮《く》れてあてのない者を路頭に迷《まよ》わせるような掟《おきて》を、国守はなぜ定めたものか。気のきかない世話の焼きようである。しかし昔の人にとって掟《おきて》はあくまでも掟《おきて》である。子どもらの母はただそういう掟《おきて》のある土地に来合わせた運命を嘆《なげ》くだけで、掟《おきて》の善《よ》し悪《あ》しは思わない。

橋のたもとに、河原《かわら》へ洗濯《せんたく》に降《お》りる者の通う道がある。そこから四人連れは河原《かわら》に降《お》りた。なるほど大きな材木が石垣《いしがき》に立てかけてある。一団《いちだん》は石垣《いしがき》にそって材木の下へくぐって入った。男の子は面白がって、先に立って勇んで入った。

奥深《おくふか》くもぐって入ると、洞穴《ほらあな》のようになった所がある。下には大きな材木が横になっているので、ちょうど床《ゆか》をはったようである。

男の子が先に立って、横になっている材木の上に乗って、一番すみに入って、

「姉さん、早くお出《い》でなさい」と呼《よ》ぶ。

姉娘《あねむすめ》はおそるおそる弟のそばへ行った。

「まあ、お待ち遊ばせ」と女中が言って、背《せ》に負っていた包みを下ろした。そして着替《きが》えの衣類を出して、子どもをわきへ寄《よ》らせて、すみの所にしいた。そこへ親子をすわらせた。

母親がすわると、二人の子どもが左右からすがりついた。岩代《いわしろ》の信夫郡《しのぶごおり》（福島市）の家を出て、親子はここまで来るうちに、家の中ではあっても、この材木の陰《かげ》よりもっと野ざらしの所に寝《ね》たことがある。不自由にも次第に慣《な》れて、もうそれほど苦にはしない。

女中の包みの中から出したのは衣類ばかりではない。用心に持っている食べ物もある。女中はそれを親子の前に出して置いて言った。「ここではたき火をいたすことはできません。もし悪い人に見つけられてはならないからでございます。あの塩《しお》浜《はま》の主人とやらの家まで行って、お湯をもらってまいりましょう。そしてわらやむしろのことも頼《たの》んでまいりましょう」

女中はまめまめしく出ていった。子どもは楽しげに米菓子《こめがし》やら乾《ほ》した果物やらを食べ始めた。

しばらくすると、この材木の陰《かげ》へ人の入って来る足音がした。「うば竹《たけ》かい」と母親が声をかけた。しかし心の内には、雑木林《ぞうきばやし》まで行って来たにしては、あまりに早いと疑《うたが》った。うば竹《たけ》というのは女中の名である。

入って来たのは四十歳《さい》ばかりの男である。筋骨《きんこつ》たくましく、筋肉《きんにく》が一つずつ数えられるほど、脂肪《しぼう》の少ない人で、動物の牙《きば》に彫刻《ちょうこく》した人形のような顔に笑みをたたえて、手に数珠《じゅず》を持っている。わが家を歩くような、慣《な》れた歩き方をして、親子のいる所へ進み寄《よ》った。そして親子のすわっている材木のはしに腰《こし》をかけた。

親子はただ驚《おどろ》いて見ている。悪さをするような様子も見えないので、恐《おそ》ろしいとも思わないのである。

男はこんなことを言う。「わしは山岡大夫《やまおかたゆう》と言う船乗りじゃ。このごろこの土地を人買いが立ち回るというので、国守が旅人に宿を貸《か》すことを禁《きん》じた。人買いを捕《つか》まえることは、国守の手におえないとみえる。気の毒《どく》なのは旅人じゃ。そこでわしは旅人を救《すく》ってやろうと思い立った。幸いわしの家は街道を離《はな》れているので、こっそり人を泊《と》めても、だれにも遠慮《えんりょ》もいらぬ。わしは人の野宿をしそうな森の中や橋の下をたずね回って、これまでおおぜいの人を連れて帰った。見れば子どもたちが菓子《かし》を食べていなさるが、そんなものは腹《はら》の足しにはならないで、歯によくない。わしの家ではそれほどのもてなしはせぬが、いもがゆでもさし上げよう。どうぞ遠《えん》慮《りょ》せずに来てくだされ」男は強《し》いて誘《さそ》うでもなく、ひとりごとのように言ったのである。

子どもの母はじっと聞いていたが、世間の掟《おきて》に背《そむ》いてまで人を救《すく》おうというありがたい志《こころざし》に感謝《かんしゃ》せずにはいられなかった。そこでこう言った。「うけたまわれば立派《りっぱ》なお心がけと存《ぞん》じます。貸《か》すなという掟《おきて》のある宿を借りて、ひょっとすると宿の主《あるじ》に迷惑《めいわく》をかけるのではと、それが気がかりでございますが、わたくしはともかくも、子どもらに温かいおかゆでも食べさせて、屋根の下に休ませることができましたら、そのご恩《おん》は死んでも忘《わす》れますまい」

山岡大夫はうなずいた。「さてさてようもののわかるご婦人《ふじん》じゃ。そんならすぐに案内をしてあげましょう」こう言って立ち上がろうとした。

母親は申し訳《わけ》なさそうに言った。「どうぞ少しお待ちくださいませ。わたくしどもも三人がお世話になるのさえ心苦しゅうございますのに、こんなことを申すのはいかがかと存《ぞん》じますが、じつはいま一人連れがございます」

山岡大夫は耳をそばだてた。「なに連れがおありなさる。それは男か女子《おなご》か」

「子どもたちの世話をさせに連れてきた女中でございます。湯をもらうと申して、街道を少し引き返してまいりました。もうほどなく帰ってまいりましょう」

「お女中かな。そんなら待ってあげましょう」山岡大夫の落ち着いた、心の奥底《おくそこ》がわからないような顔に、なぜか喜《よろこ》びの影《かげ》が見えた。

ここは直江《なおえ》の浦《うら》（新潟県上越市《じょうえつし》・直江津《なおえつ》港）である。日はまだ米山《よねやま》の後ろにかくれていて、紺青《こんじょう》のような海の上にはうすいもやがかかっている。

客を舟《ふね》に乗せてつなぎとめてあった綱《つな》をといている船頭がある。船頭は山岡大夫で、客は夕べ大夫の家に泊《と》まった四人連れの旅人である。

応化橋《おうげのはし》の下で山岡大夫に出会った母親と子ども二人とは、女中のうば竹が欠けたとくりに湯をもらって帰るのを待ち受けて、大夫に連れられて宿を借りに行った。うば竹は不安そうな顔をしながらついて行った。大夫は街道を南に入った松林の中の草ぶきの家に四人をとめて、いもがゆをすすめた。そしてどこからどこへゆく旅かと聞いた。くたびれた子どもらを先に寝《ね》かせて、母は宿の主人に身の上のおおよそを、かすかなともし火の下で話した。

自分は岩代《いわしろ》の者である。夫が筑紫《つくし》（九州北部）へ行って帰らないので、二人の子どもを連れて訪《たず》ねてゆく。うば竹は姉娘《あねむすめ》の生まれた時から子守をしてくれた女中で、身寄《みよ》りのない者なので、遠い、おぼつかない旅のともをすることになったと話したのである。

さてここまでは来たが、筑紫《つくし》の果てへゆくことを思えば、まだ家を出たばかりといってもよい。これから陸を行ったものだろうか。または船路を行ったものだろうか。主人は船乗りならば、きっと遠国のことを知っているだろう。どうぞ教えてもらいたいと、子どもらの母が頼《たの》んだ。

大夫は、よく知っていることを問われたように、少しもためらわずに船路をゆくことをすすめた。陸を行けば、じきに隣《となり》の越中《えっちゅう》の国（富山県）に入る境《さかい》にさえ、親《おや》不知《しらず》子《こ》不知《しらず》という危険《きけん》な場所がある。削《けず》り立てたような大きな岩のすそには荒波《あらなみ》が打ち寄《よ》せる。旅人は横穴《よこあな》に入って、波の引くのを待っていて、狭《せま》い岩場の下の道を走り抜《ぬ》ける。そのときは親は子を返り見ることができず、子も親を返り見ることができない。それは海辺の難所《なんしょ》である。また山を越《こ》えると、ふみつけた石が一つゆれ動けば、測《はか》り知れないほど深い谷底に落ちるような、険《けわ》しいがけ道もある。西国へゆくまでには、どれほどの難所《なんしょ》があるか知れない。

それとはちがって、船路は安全なものである。たしかな船頭にさえたのめば、すわったままで遠くはるか百里でも千里でも行かれる。自分は西国までゆくことはできぬが、諸国《しょこく》の船頭を知っているから、船に乗せて出て、西国へゆく船に乗り換《か》えさせることができる。あすの朝は早速船に乗せて出ようと、大夫はわけもないことのように言った。

夜が明けかかると、大夫は親子ら四人を急がせて家を出た。そのとき母は小さい袋《ふくろ》から金を出して、宿賃《やどちん》を払《はら》おうとした。大夫は、とめても宿賃《やどちん》はもらわない、しかし金の入れてある大切な袋《ふくろ》は預《あず》かっておこうと言った。なんでも大切な品は、宿に着けば宿の主人に、舟《ふね》に乗れば舟《ふね》の主《あるじ》に預《あず》けるものだと言うのである。

子どもらの母は最初に宿を借りることになってから、大夫の言うことを聞かなくてはならないようななりゆきになった。掟《おきて》を破《やぶ》ってまで宿を貸《か》してくれたのを、ありがたくは思っても、何事によらず言うがままになるほど、大夫を信じてはいない。こういうなりゆきになったのは、大夫のことばに人を抑《おさ》えつける強さがあって、母親はそれに逆《さか》らうことができないからである。その逆《さか》らうことのできないのは、どこか恐《おそ》ろしいところがあるからである。しかし母親は自分が大夫を恐《おそ》れているとは思っていない。自分の心がはっきりわかっていない。

母親はやむを得《え》ないことをするような心持ちで舟《ふね》に乗った。子どもらは波静かな海の、青い毛織《けお》りの敷物《しきもの》をしいたような海面を見て、ものめずらしさに胸《むね》を躍《おど》らせて乗った。ただうば竹の顔には、きのう橋の下を立ち去った時から、いま舟《ふね》に乗る時まで、不安の色が消え失せなかった。

山岡大夫は舟《ふね》をつないでいた綱《つな》をといた。さおで岸を一押《ひとお》し押《お》すと、舟《ふね》はゆらめきつつ海に浮《う》かび出た。

山岡大夫はしばらく岸に沿《そ》って南へ、越中《えっちゅう》との境《さかい》の方角へ舟《ふね》をこいでいく。もやはみるみる消えて、波が日に輝《かがや》く。

人家のない岩陰《いわかげ》に、波が砂《すな》を洗《あら》って、ミルやアラメなど海藻《かいそう》を打ち上げている所があった。そこに舟《ふね》が二そう止まっている。船頭が大夫を見て呼《よ》びかけた。

「どうじゃ。あるか」

大夫は右の手を上げて、親指を折って見せた。そして自分もそこへ舟《ふね》をつないだ。親指だけ折ったのは、四人あるという合図である。

前からいた船頭のひとりは宮崎の三郎《さぶろう》といって、越中《えっちゅう》宮崎の者である。左の手のこぶしを開いて見せた。右の手が売り買いする品物の合図になるように、左の手は銭《ぜに》の合図になる。これは五貫文《かんもん》（貫文《かんもん》は通貨の単位）の値《ね》をつけたのである。

「気張《きば》るぞ」といまひとりの船頭が言って、左のひじをつっと伸《の》ばして、一度こぶしを開いて見せ、次いで人差し指を立てて見せた。この男は佐渡《さど》の二郎《じろう》で六貫文《かんもん》の値《ね》をつけたのである。

「ずうずうしいやつだ」と宮崎が叫《さけ》んで立ちかかると、「出し抜《ぬ》こうとしたのはおぬしじゃ」と佐渡《さど》が身がまえる。二そうの舟《ふね》が傾《かたむ》いて、舟《ふね》のへりが波うった。

大夫は二人の船頭の顔を冷ややかに見比《みくら》べた。「あわてるな。どっちも空《から》では帰さぬ。お客様がごきゅうくつでないように、お二人ずつ分けて上げましょう。代金はあとからつけた値段《ねだん》の方じゃ」こう言っておいて、大夫は客をかえりみた。「さあ、お二人ずつあの舟《ふね》へお乗りなされ。どれも西国行きの舟《ふね》じゃ。舟足《ふなあし》というものは、重過《す》ぎては走りが悪い」

二人の子どもは宮崎の舟《ふね》へ、母親とうば竹とは佐渡《さど》の舟《ふね》へ、大夫が手をとって乗り移《うつ》らせた。その大夫の手に、宮崎も佐渡《さど》もいくらかの銭《ぜに》を握《にぎ》らせたのである。

「あの、ご主人にお預《あず》けなされた袋《ふくろ》は」と、うば竹が山岡大夫のそでを引くと、大夫は空舟《からぶね》をつっと押《お》し出した。

「わしはこれでおいとまをする。たしかな手からたしかな手へわたすまでがわしの役じゃ。ごきげんようお行きなされ」

舟《ふね》の櫓《ろ》をこぐ音がせわしく響《ひび》いて、山岡大夫の舟《ふね》はみるみる遠ざかっていく。

母親は佐渡《さど》に言った。「同じ道をこいで行って、同じ港に着くのでございましょうね」

佐渡《さど》と宮崎は顔を見合わせて、声を立てて笑った。そして佐渡《さど》が言った。「乗る舟《ふね》は人びとを救《すく》おうと願った菩薩《ぼさつ》の誓《ちか》いの舟《ふね》、着くのは同じ向こう岸と、蓮華峰寺《れんげぶじ》の和尚《おしょう》が言うたげな」

二人の船頭はそれきりだまって舟《ふね》を出した。佐渡《さど》の二郎《じろう》は北へとこぐ。宮崎の三郎《さぶろう》は南へこぐ。「あれあれ」と呼《よ》びかわす親子と女中の四人は、ただ遠ざかっていくばかりである。

母親は気がくるいそうになって舟《ふな》ばたに手をかけて伸《の》び上がった。「もうしかたがない。これが別れだよ。安寿《あんじゅ》は守本尊《まもりほんぞん》の地蔵《じぞう》様をたいせつにおし。厨子王《ずしおう》はお父さまのくださった守刀《まもりがたな》をたいせつにおし。どうぞ二人が離《はな》れぬように」安寿《あんじゅ》は姉《あね》娘《むすめ》、厨子王《ずしおう》は弟の名前である。

子どもはただ「お母さま、お母さま」と呼《よ》ぶばかりである。

舟《ふね》と舟《ふね》は次第に遠ざかる。後ろにはエサを待つひな鳥のように、二人の子どもの開いた口が見えるだけで、もう声は聞こえない。

うば竹は佐渡《さど》の二郎《じろう》に「もし船頭さん、もしもし」と声をかけていたが、佐渡《さど》はかまわないので、とうとう赤松の幹《みき》のような太い足にすがった。「船頭さん。これはどうしたことでございます。あのお嬢様《じょうさま》、若様《わかさま》に別れて、生きてどこへゆかれましょう。奥様《おくさま》も同じことでございます。これから何をたよりにお暮《く》らしなさいましょう。どうぞあの舟《ふね》のゆく方へこいで行ってくださいまし。お願いでございます」

「うるさい」と佐渡《さど》は後ろざまにけった。うば竹は舟床《ふなとこ》に倒《たお》れた。髪《かみ》は乱《みだ》れて舟《ふな》べりにかかった。

うば竹は身を起こした。「ええ。これまでじゃ。奥様《おくさま》、ごめんくださいまし」こう言って真っ逆《さか》さまに海に飛び込《こ》んだ。

「こら」と言って船頭はひじをさし伸《の》ばしたが、間に合わなかった。

母親は着ていた上衣《うわぎ》を脱《ぬ》いで佐渡《さど》の前に出した。「これはそまつな物でございますが、お世話になったお礼にさし上げます。わたくしはもうこれでおいとまを申します」こう言って舟《ふな》べりに手をかけた。

「たわけが」と、佐渡《さど》は髪《かみ》をつかんで引き倒《たお》した。「おまえまで死なせてなるものか。だいじな品物じゃ」

佐渡《さど》の二郎《じろう》は麻《あさ》の綱《つな》を引き出して、母親をぐるぐる巻《ま》きにして転がした。そして北へ北へとこいで行った。

「お母さまお母さま」と呼《よ》び続けている姉と弟を乗せて、宮崎の三郎《さぶろう》の舟《ふね》は岸に沿《そ》って南へ走っていく。

「もう呼《よ》ぶな」と宮崎がしかった。「海の底の魚には聞こえても、あの女どもには聞こえぬ。女どもは佐渡《さど》へわたってアワをついばみに来る鳥でも追わされることじゃろう」

姉の安寿《あんじゅ》と弟の厨子王《ずしおう》とは抱《だ》き合って泣いている。故郷《こきょう》を離《はな》れるのも、遠い旅をするのも母といっしょにすることだと思っていたのに、いま思いがけずも引き分けられて、二人はどうしていいかわからない。ただ悲しさばかりが胸《むね》にあふれて、この別れが自分たちの身の上をどれだけ変わらせるか、そのほどさえよくわからないのである。

昼になって宮崎はもちを出して食った。そして安寿《あんじゅ》と厨子王《ずしおう》にも一つずつくれた。二人はもちを手に持って食べようともせず、目を見合わせて泣いた。夜は宮崎がかぶせたカヤのおおいの下で、泣きながら寝入《ねい》った。

こうして二人はいく日か舟《ふね》の上で明かし暮《く》らした。宮崎は、越中《えっちゅう》、能登《のと》(石川県)、越前《えちぜん》(福井県)、若狭《わかさ》(同)の船着き場や入り江《え》をくまなく回り、二人を売り歩いたのである。

しかし二人が幼《おさな》く、身体もか弱く見えるので、なかなか買おうという者がない。たまに買い手があっても、値段《ねだん》の相談がまとまらない。宮崎は次第にきげんを悪くして、「いつまでも泣くか」と二人を打つようになった。

宮崎の舟《ふね》は回り回って、丹後《たんご》の由良《ゆら》（京都府宮津《みやづ》市）の港に来た。ここには石浦《いしうら》という所に大きい屋敷《やしき》を構《かま》えて、田畑に米麦を植えさせ、山では狩《か》りをさせ、海では漁をさせ、蚕飼《こが》いをさせ、機織《はたお》りをさせ、金物、陶器《とうき》、木器、何から何まで、それぞれの職人《しょくにん》を使って造《つく》らせる山椒大夫《さんしょうだゆう》という金持ちがいて、人ならいくらでも買う。宮崎はこれまでも、よそに買い手のないものがあると、山椒大夫《さんしょうだゆう》の所に持って来ることになっていた。

港に出ていた大夫に仕える奴《やっこ》（下男《げなん》、奴隷《どれい》の身分）の頭《かしら》は、安寿《あんじゅ》と厨子王《ずしおう》をすぐに七貫文《かんもん》で買った。

「やれやれ、がきどもをかたづけて身が軽うなった」と言って、宮崎の三郎《さぶろう》は受け取った銭《ぜに》をふところに入れた。そして波止場の酒屋に入った。

ひとかかえにあまる柱を立て並《なら》べて造《つく》った大きな屋敷《やしき》の奥深《おくぶか》い広間に一間《けん》（約

一・八《メートル》）四方の炉《ろ》を切らせて、炭火がおこしてある。その向こうに座《ざ》ぶとんを三枚《まい》重ねてしいて、山椒大夫《さんしょうだゆう》はひじかけにもたれている。左右には二郎《じろう》、三郎《さぶろう》の二人の息子がこま犬のように並《なら》んでいる。もともと大夫には三人の男の子があったが、太郎《たろう》は十六歳《さい》の時、逃《に》げようとしてとらえられた奴《やっこ》に、父が手ずから焼き印をするのをじっと見ていて、一言ものを言わずに、ふいと家を出て行方《ゆくえ》が知れなくなった。いまから十九年前のことである。

奴頭《やっこがしら》が安寿《あんじゅ》、厨子王《ずしおう》を連れて前へ出た。そして二人の子どもにおじぎをしろと言った。

二人の子どもは奴頭《やっこがしら》のことばが耳に入らぬらしく、ただ目をみはって大夫を見ている。ことし六十歳《さい》になる大夫の、朱《しゅ》を塗《ぬ》ったような顔は、額《ひたい》が広くあごが張《は》って、髪《かみ》もひげも銀色に光っている。子どもらは恐《おそ》ろしいよりは不思議がって、じっとその顔を見ているのである。

大夫は言った。「買うてきた子どもはそれか。いつも買う奴《やつ》とちごうて、何に使うてよいかわからぬ、めずらしい子どもじゃと言うから、わざわざ連れて来させて見れば、色の青ざめた、か細い童《わらわ》どもじゃ。何に使うてよいかは、わしにもわからぬ」

そばから三郎《さぶろう》が口を出した。末の弟ではあるが、もう三十歳《さい》になっている。「いやお父《と》っさん。さっきから見ていれば、おじぎをせいと言われもおじぎもせぬ。ほかの奴《やつ》のように名のりもせぬ。弱々しゅう見えてもしぶとい者どもじゃ。奉公《ほうこう》初めは男が柴《しば》（小枝《こえだ》）刈《が》り、女が潮《しお》くみと決まっている。そのとおりにさせなされ」

「おっしゃるとおり、名はわたくしにも申しませぬ」と、奴頭《やっこがしら》が言った。

大夫はあざ笑った。「愚《おろ》か者と見える。名はわしがつけてやる。姉は苦労をしのぶぐさ、弟はわが名をわすれぐさじゃ。しのぶぐさは浜《はま》へ行って、日に三おけの潮《しお》をくめ。わすれぐさは山へ行って、日に三かごの柴《しば》を刈《か》れ。弱々しい身体に免《めん》じて、荷は軽うして取らせる」

三郎《さぶろう》が言った。「過《す》ぎたいたわりようじゃ。こりゃ、奴頭《やっこがしら》。早く連れて下がって道具をわたしてやれ」

奴頭《やっこがしら》は二人の子どもを新入小屋に連れていって、安寿《あんじゅ》にはおけとひしゃく、厨子《ずし》王《おう》にはかごとカマをわたした。どちらにも昼飯を入れる弁当箱《べんとうばこ》がついている。新入小屋はほかの奴婢《ぬひ》（婢《ひ》は女の奴隷《どれい》）のいる所とは別になっているのである。

奴頭《やっこがしら》が出ていくころには、もうあたりが暗くなった。この家には明かりもない。


翌日《よくじつ》の朝はひどく寒かった。夕べは小屋に備《そな》えてあるふとんがあまりに汚《きたな》いので、厨子王《ずしおう》がむしろを探《さが》してきて、舟《ふね》でカヤをかぶって寝《ね》たように、二人でかぶって寝《ね》たのである。

きのう奴頭《やっこがしら》に教えられたように、厨子王《ずしおう》は弁当箱《べんとうばこ》を持って台所へ干《ほ》した飯を受け取りに行った。屋根の上、地面に散らばったわらの上には霜《しも》が降《ふ》っている。台所は大きな土間で、もうおおぜいの奴婢《ぬひ》が来て待っている。男と女とは受け取る場所が違《ちが》うのに、厨子王《ずしおう》は姉のと自分のとをもらおうとするので、一度はしかられた。明日からはめいめいがもらいに来るとちかって、ようやく弁当《べんとう》のほかに、一人ずつの器に入ったご飯と、木のわんに入ったお湯を二人前受け取った。ご飯は塩を入れてたいてある。

姉と弟とは朝飯を食べながら、もうこうした身の上になっては、運命にまかせるよりほかはないと、勇気を出して相談した。そして姉は浜辺《はまべ》へ、弟は山路《やまじ》へ向かってゆくのである。屋敷《やしき》の三の木戸、二の木戸、一の木戸といっしょに出て、二人は霜《しも》をふんで、見返りがちに左右へ分かれた。

厨子王《ずしおう》が登る山は由良《ゆら》が岳《たけ》のすそで、石浦《いしうら》から少し南へ行って登るのである。柴《しば》を刈《か》る所は、ふもとから遠くはない。ところどころ柴《しば》色の岩のあらわれている所を通って、やや広い平地に出る。そこに雑木《ぞうき》が茂《しげ》っているのである。

厨子王《ずしおう》は雑木林《ぞうきばやし》の中に立ってあたりを見回した。しかし柴《しば》はどうして刈《か》るものかと、しばらくは手をつけないで、朝日に霜《しも》のとけかかる、ふとんのような落ち葉の上に、ぼんやりすわって時を過《す》ごした。ようやく気を取り直して、一枝《えだ》二枝《えだ》と刈《か》るうちに、厨子王《ずしおう》は指を痛《いた》めた。そこでまた落ち葉の上にすわって、山でさえこんなに寒い、浜辺《はまべ》に行った姉様は、さぞ潮風《しおかぜ》が寒かろうと、ひとり涙《なみだ》をこぼしていた。

日がよほど上ってから、柴《しば》を背負《せお》ってふもとへ下りる、ほかのきこりが通りかかって、「おまえも大夫の所の奴《やっこ》か、柴《しば》は日にいくかご刈《か》るのか」と聞いた。

「日に三かご刈《か》るはずの柴《しば》を、まだ少しも刈《か》りませぬ」と厨子王《ずしおう》は正直に言った。

「日に三かごの柴《しば》ならば、昼までに二かご刈《か》るがいい。柴《しば》はこうして刈《か》るものじゃ」きこりは自分の荷をおろして置いて、すぐに一かご刈《か》ってくれた。

厨子王《ずしおう》は気を取り直して、ようやく昼までに一かご刈《か》り、昼過《ひるす》ぎからまた一かご刈《か》った。

浜辺《はまべ》にゆく姉の安寿《あんじゅ》は、川の岸を北に行った。さて潮《しお》をくむ場所に下り立ったが、これも潮《しお》のくみ方を知らない。なんとか気を取り直して、ようやくひしゃくを下ろすやいなや、波がひしゃくをさらっていった。

隣《となり》でくんでいる少女が、手早くひしゃくを拾ってもどしてくれた。そしてこう言った。「潮《しお》はそれではくまれません。どれ、くみ方を教えてあげよう。右手のひしゃくでこうくんで、左手のおけでこう受ける」とうとう一おけくんでくれた。

「ありがとうございます。くみ方が、あなたのおかげでわかったようでございます。自分で少しくんでみましょう」安寿《あんじゅ》は潮《しお》くみを覚えた。

隣《となり》で潮《しお》をくんでいる少女は、無邪気《むじゃき》な安寿《あんじゅ》が気に入った。二人は昼ご飯をいっしょに食べながら、身の上を打ち明けて、姉妹の誓《ちか》いをした。これは伊勢《いせ》(三重県)の小萩《こはぎ》といって、二見《ふたみ》が浦《うら》から買われてきた少女である。

最初の日はこんなぐあいに、姉が言いつけられた三おけの潮《しお》も、弟が言いつけられた三かごの柴《しば》も、一つずつ助けてもらって、日の暮《く》れまでにうまく終えた。

姉は潮《しお》をくみ、弟は柴《しば》を刈《か》って、一日一日と暮《く》らしていった。姉は浜《はま》で弟を思

い、弟は山で姉を思った。日の暮《く》れを待って小屋に帰れば、二人は手を取り合って、筑紫《つくし》にいる父が恋《こい》しい、佐渡《さど》にいる母が恋《こい》しいと、言っては泣き、泣いては言う。

とかくするうちに十日たった。そして新入小屋を出なくてはならない時がきた。小屋を出れば、奴《やっこ》は奴《やっこ》、婢《はしため》は婢《はしため》の組に入るのである。

二人は死んでも別れないと言った。奴頭《やっこがしら》が大夫に訴《うった》えた。

大夫は言った。「たわけた話じゃ。奴《やっこ》は奴《やっこ》の組へ引きずっていけ。婢《はしため》は婢《はしため》の組へ引きずっていけ」

奴頭《やっこがしら》がそう聞いて立とうとしたとき、二郎《じろう》がかたわらから呼《よ》びとめた。そして父に言った。「おっしゃるとおりに童《わらべ》どもを引き分けさせてもよろしゅうございますが、童《わらべ》どもは死んでも別れぬと申すそうでございます。愚《おろ》かな者ゆえ、死ぬるかもしれません。刈《か》る柴《しば》はわずかでも、くむ潮《しお》はいささかでも、人手を減《へ》らすのは損《そん》でございます。わたくしがいいようにしてやりましょう」

「それもそうか。損《そん》になることはわしも嫌《きら》いじゃ。どうにでも勝手にしておけ」大夫はこう言ってわきへ向いた。

二郎《じろう》は三の木戸の所に小屋をつくらせて、姉と弟とをいっしょにおいた。

ある日の暮《く》れに二人の子どもは、いつものように父母のことを話していた。それを二郎《じろう》が通りかかって聞いた。二郎《じろう》は屋敷《やしき》を見回って、強い奴《やっこ》が弱い奴《やっこ》をいじめたり、争いをしたり、盗《ぬす》みをしたりするのを取りしまっているのである。

二郎《じろう》は小屋に入って二人に言った。「父母は恋《こい》しゅうても佐渡《さど》は遠い。筑紫《つくし》はそれよりまた遠い。子どもの行かれる所ではない。父母に会いたいなら、大きゅうなる日を待つがよい」こう言って出ていった。

しばらくたったある日の暮《く》れに、二人の子どもはまた父母のことを言っていた。それを今度は三郎《さぶろう》が通りかかって聞いた。三郎《さぶろう》はねぐらで寝《ね》ている鳥をとることが好きで屋敷《やしき》の内の木立をくまなく、手に弓矢を持って見回るのである。

二人は父母のことを言うたびに、どうしようかこうしようかと、会いたさのあまりに、あらゆる手立てを話し合って、夢《ゆめ》のような相談をする。今日は姉がこう言った。「大きくなってからでなくては、遠い旅ができないというのは、それは当たり前のことよ。わたしたちにはそのできない事がしたいのだわ。だがわたしよく考えてみると、どうしても二人いっしょにここを逃《に》げ出してはだめなの。わたしにはかまわないで、おまえ一人で逃《に》げなくては。そして先へ筑紫《つくし》の方へ行って、お父さまにお目にかかって、どうしたらいいかうかがうのだね。それから佐渡《さど》へお母さまのお迎《むか》えに行くのがいいわ」三郎《さぶろう》が立ち聞きしたのは、あいにくこの安寿《あんじゅ》のことばであった。

三郎《さぶろう》は弓矢を持って、すっと小屋の中に入った。「こら。おぬしたちは逃《に》げる相談をしておるな。逃亡《とうぼう》の計画をした者には焼き印をする。それがこの屋敷《やしき》の掟《おきて》じゃ。赤うなった鉄は熱いぞよ」

二人の子どもは真っ青になった。安寿《あんじゅ》は三郎《さぶろう》の前に進み出て言った。「あれはうそでございます。弟が一人で逃《に》げたって、まあ、どこまで行かれましょう。あまり親に会いたいので、あんなことを申しました。こないだも弟といっしょに、鳥になって飛んで行こうと申したこともございます。口から出まかせを言ったのでございます」

厨子王《ずしおう》は言った。「姉さんの言うとおりです。いつでも二人でいまのような、できないことばかし言って、父母の恋《こい》しいのをまぎらしているのです」

三郎《さぶろう》は二人の顔を見くらべて、しばらくの間だまっていた。「ふん。うそならうそでもいい。おぬしたちがいっしょにおって、なんの話をするかということを、おれがたしかに聞いておいたぞ」こう言って三郎《さぶろう》は出ていった。

その晩《ばん》は二人が気味悪く思いながら寝《ね》た。それからどれだけ寝《ね》たかわからない。二人はふと物音を聞きつけて目を覚ました。いまの小屋に来てからは、ともし火を置くことが許《ゆる》されている。そのかすかな明かりで見れば、枕元《まくらもと》に三郎《さぶろう》が立っている。三郎《さぶろう》は、つと寄《よ》って、両手で二人の手をつかまえる。そして引き立てて戸口を出る。青ざめた月をあおぎながら、初めてのときに通った、広い馬道を引かれてゆく。階段《かいだん》を三段《だん》上る。細長い廊下《ろうか》を通る。回り回って前に見た広間に入る。

そこにはおおぜいの人がだまって並《なら》んでいる。三郎《さぶろう》は二人を炭火の真っ赤におこった炉《ろ》の前まで引きずって出る。二人は小屋で引き立てられたときから、ただ「ごめんなさない。ごめんなさい」と言っていたが、三郎《さぶろう》はだまって引きずっていくので、しまいには二人もだまってしまった。

炉《ろ》の向かい側には座《ざ》ぶとん三枚《まい》を重ねてしいて、山椒大夫《さんしょうだゆう》がすわっている。大夫の赤い顔が、左右にたいているかがり火を照りかえして、燃《も》えるようである。三郎《さぶろう》は炭火の中から、赤く焼けている火ばしを抜《ぬ》き出す。それを手に持って、しばらく見ている。初め透《す》きとおるように赤くなっていた鉄が、次第に黒ずんでくる。そこで三郎《さぶろう》は安寿《あんじゅ》を引き寄《よ》せて、火ばしを顔に押《お》し当てようとする。厨子王《ずしおう》はそのひじにからみつく。三郎《さぶろう》はそれをけり倒《たお》して右のひざにしく。とうとう火ばしを安寿《あんじゅ》の額《ひたい》に十文字に当てる。安寿《あんじゅ》の悲鳴が一座《いちざ》の静けさを破《やぶ》って響《ひび》きわたる。三郎《さぶろう》は安寿《あんじゅ》を突《つ》き放して、ひざの下の厨子王《ずしおう》を引き起こし、その額《ひたい》にも火ばしを十文字に当てる。新たに響《ひび》く厨子王《ずしおう》の泣き声が、ややかすかになった姉の声にまじる。

三郎《さぶろう》は火ばしを捨《す》てて、初めて二人をこの広間に連れて来たときのように、また二人の手をつかまえる。そして一座《いちざ》を見わたした後、広い母屋《おもや》を回って、二人を階《かい》段《だん》の所まで引き出し、凍《こお》った地面の上に突《つ》き落とす。二人の子どもは傷《きず》の痛《いた》みと心の恐怖《きょうふ》とに気を失いそうになるのを、ようやくたえ忍《しの》んで、どこをどう歩いたともなく、三の木戸の小屋に帰る。

ふとんの上に倒《たお》れた二人は、しばらく死んだように動かずにいたが、じきに厨子《ずし》王《おう》が「姉さん、早くお地蔵《じぞう》様を」と叫《さけ》んだ。安寿《あんじゅ》はすぐに起き直って、肌身離《はだみはな》さず持っている守袋《まもりぶくろ》を取り出した。わななく手でひもをといて、袋《ふくろ》から出した仏像《ぶつぞう》を枕《まくら》元《もと》にすえた。二人は右左で額《ひたい》を床《ゆか》につけて拝《おが》んだ。そのとき歯をくいしばってもこらえられない額《ひたい》の痛《いた》みが、かき消すように去った。手のひらで額《ひたい》をなでてみれば、傷《きず》は跡《あと》もなくなった。はっと思って、二人は目を覚ました。

二人の子どもは起き上がって夢《ゆめ》の話をした。同じ夢《ゆめ》を同じ時に見たのである。安《あん》寿《じゅ》は守本尊《まもりほんぞん》を取り出して、夢《ゆめ》と同じように、枕元《まくらもと》にすえた。二人はそれを伏《ふ》して拝《おが》み、かすかなともし火の明かりをすかして、お地蔵《じぞう》様の額《ひたい》を見た。眉間《みけん》の白い巻《ま》き毛の右左に、たがねで彫《ほ》ったような十文字の傷《きず》があざやかに見えた。

二人の子どもが話を三郎《さぶろう》に立ち聞きされて、その晩《ばん》恐《おそ》ろしい夢《ゆめ》を見たときから、安寿《あんじゅ》の様子がひどく変わってきた。顔には引きしまったような表情《ひょうじょう》があって、眉《まゆ》の根にはしわが寄《よ》り、目ははるかに遠い所を見つめている。そしてものを言わない。日暮《ひぐ》れに浜《はま》から帰ると、これまでは弟の山から帰るのを待ち受けて、長い話をしたのに、いまはこんなときにもことば少なにしている。厨子王《ずしおう》が心配して、「姉さんどうしたのです」と言うと、「どうもしないの、だいじょうぶよ」と言って、わざとらしく笑う。

安寿《あんじゅ》の前と変わったのはただこれだけで、言うことがまちがってもおらず、することも日常《にちじょう》通りである。しかし厨子王《ずしおう》は互《たが》いに慰《なぐさ》めもし、慰《なぐさ》められもしたひとりの姉が、様子が変わったのを見て、限《かぎ》りなくつらく思う心を、だれにも打ち明けて話すこともできない。二人の子どもの毎日は、前よりいっそうさびしくなったのである。

雪が降《ふ》ったりやんだりして、年が暮《く》れかかった。奴《やっこ》も婢《はしため》も外に出る仕事をやめて、家の中で働くことになった。安寿《あんじゅ》は糸をつむぐ、厨子王《ずしおう》はわらを打つ。わらを打つのは修行《しゅぎょう》はいらないが、糸をつむぐのはむずかしい。それを夜になると伊勢《いせ》の小萩《こはぎ》が来て、手伝ったり教えたりする。安寿《あんじゅ》は弟に対する様子が変わったばかりでなく、小萩《こはぎ》に対してもことば少なになって、ややもすると無愛想をする。しかし小《こ》萩《はぎ》はきげんをそこねずに、いたわるようにしてつき合っている。

山椒大夫《さんしょうだゆう》の屋敷《やしき》の木戸にも新年を迎《むか》える門松が立てられた。しかしこの年の初めは何の晴れがましいこともなく、また一族の女子どもたちは奥深《おくふか》くに住んでいて、出入りすることがまれなので、にぎわしいこともない。ただ身分の上の者も下の者も酒を飲んで、奴《やっこ》の小屋には争いが起こるだけである。いつもは争いごとをすると、厳《きび》しく罰《ばっ》せられるのに、こういうときは奴頭《やっこがしら》が大目にみる。血を流しても知らぬ顔をしていることがある。どうかすると、殺《ころ》された者があってもかまわないのである。

さびしい三の木戸の小屋へは、ときどき小萩《こはぎ》が遊びに来た。婢《はしため》の小屋のにぎわしさを持って来たかと思うように、小萩《こはぎ》が話している間は、暗い感じの小屋も明るく春めいて、このごろ様子の変わっている安寿《あんじゅ》の顔にさえ、めったに見えぬほほ笑みの影《かげ》が浮《う》かぶ。

三日たつと、また家の中の仕事が始まった。安寿《あんじゅ》は糸をつむぐ、厨子王《ずしおう》はわらを打つ。もう夜になって小萩《こはぎ》が来ても、手伝いがいらないほど、安寿《あんじゅ》は糸をつむぐのになれた。様子は変わっていても、こんな静かな、同じことをくり返すような仕事をするにはさしつかえなく、また仕事がかえってひた向きになった心を和らげ、落ち着きを与《あた》えるらしくみえた。姉と前のように話をすることのできない厨子王《ずしおう》は、糸をつむいでいる姉に、小萩《こはぎ》がいてものを言ってくれるのが、なによりも心強く思われた。

水がぬるみ、若草《わかくさ》がもえるころになった。あすからは外の仕事が始まるという日に、二郎《じろう》が屋敷《やしき》内を見回るついでに、三の木戸の小屋に来た。「どうじゃな。あす仕事に出られるかな。おおぜいの人のなかには病気でおる者もある。奴頭《やっこがしら》の話を聞いたばかりではわからぬから、今日は小屋小屋をみんな見て回ったのじゃ」

わらを打っていた厨子王《ずしおう》が返事をしようとして、まだことばを言い出さないうちに、このごろの様子にもにず、安寿《あんじゅ》が糸をつむぐ手をとめて、つと二郎《じろう》の前に進み出た。「それについてお願いがございます。わたくしは弟と同じ場所で仕事がいたしとうございます。どうかいっしょに山へやってくださるように、お取りはからいなすってくださいまし」青ざめた顔に紅《くれない》がさして、目が輝《かがや》いている。

厨子王《ずしおう》は姉の様子がまた変わったらしく見えるのに驚《おどろ》き、そのうえ自分になんの相談もせずにいて、突然柴刈《とつぜんしばか》りにゆきたいというのをも変に思い、ただ目をみはって姉を見まもっている。

二郎《じろう》はものを言わずに、安寿《あんじゅ》の様子をじっと見ている。安寿《あんじゅ》は「ほかにない、ただ一つのお願いでございます。どうぞ山へおやりなすって」とくり返して言っている。

しばらくして二郎《じろう》は口を開いた。「この屋敷《やしき》では奴婢《ぬひ》のだれに何の仕事をさせるということは、大事なことなので、父がみずから決める。しかししのぶぐさ、おまえの願いはよくよく思い込《こ》んでのこととみえる。わしが受けあって取りなして、きっと山へ行かれるようにしてやる。安心しているがいい。まあ、二人の幼《おさな》い者が無事に冬を過《す》ごしてよかった」こう言って小屋を出た。

厨子王《ずしおう》はわらを打つきねをおいて姉のそばに寄《よ》った。「姉さん。どうしたのです。それはあなたがいっしょに山へ来てくださるのは、わたしもうれしいが、なぜだしぬけに頼《たの》んだのです。なぜわたしに相談しないのですか」

姉の顔は喜《よろこ》びに輝《かがや》いている。「ほんにそうお思いなのはもっともだが、わたしだってあの人の顔を見るまで、頼《たの》もうとは思っていなかったの。ふいと思いついたのだもの」

「そうですか。変ですなあ」厨子王《ずしおう》はめずらしいものを見るように姉の顔をながめている。

奴頭《やっこがしら》がかごとカマとを持って入って来た。「しのぶぐささん。おまえに潮《しお》くみをやめさせて、柴《しば》を刈《か》りにやるのだそうで、わしは道具を持って来た。代わりにおけとひしゃくをもらっていこう」

「これはどうもお手数でございました」安寿《あんじゅ》は身軽に立って、おけとひしゃくとを出して返した。

奴頭《やっこがしら》はそれを受け取ったが、まだ帰りそうにはない。顔には一種の苦笑いのような表情《ひょうじょう》が表れている。この男は山椒大夫《さんしょうだゆう》一家のものの言いつけを、神のお告《つ》げを聞くように聞く。そこでずいぶん情《なさ》けない、過酷《かこく》な事をもためらわずにする。しかし生まれつき、人のもだえ苦しんだり、泣き叫《さけ》んだりするのを見たがりはしない。物事が穏《おだ》やかに運んで、そんなことを見ずにすめば、そのほうが都合がよいのである。いまの苦笑いのような表情《ひょうじょう》は、人にきっと苦労をかけずにはすまぬとあきらめて、何か言ったり、したりするときに、この男の顔に表れるのである。

奴頭《やっこがしら》は安寿《あんじゅ》に向かって言った。「さていま一つ用事があるて。じつはおまえさんを芝刈《しばか》りにやることは、二郎《じろう》様が大夫様に申し上げてなさったのじゃ。するとそこに三郎《さぶろう》様がおられて、そんならしのぶぐさの髪《かみ》を男のように切ってから山へやれとおっしゃった。大夫様は、よい思いつきじゃとお笑いなされた。そこでわしはおまえさんの髪《かみ》をもろうてゆかねばならぬ」

そばで聞いている厨子王《ずしおう》は、このことばを胸《むね》を刺《さ》されるような思いで聞いた。そして目に涙《なみだ》を浮《う》かべて姉を見た。

意外にも安寿《あんじゅ》の顔からは喜《よろこ》びの色が消えなかった。「ほんにそうじゃ。柴刈《しばか》りにゆくからは、わたしも男じゃ。どうぞこのカマで髪《かみ》を切ってくださいまし」安寿《あんじゅ》は奴頭《やっこがしら》の前に首を伸《の》ばした。

つやのある、長い安寿《あんじゅ》の髪《かみ》が、鋭《するど》いカマの一かきにざっくりと切れた。

あくる朝、二人の子どもは背《せ》にかごを負い腰《こし》にカマをさして、手を引き合って木戸を出た。山椒大夫《さんしょうだゆう》の所に来てから、二人いっしょに歩くのはこれが初めてである。厨子王《ずしおう》は姉の心をはかりかねて、さびしいような、悲しいような思いに胸《むね》がいっぱいになっている。きのうも奴頭《やっこがしら》の帰ったあとで、いろいろにことばを選んでたずねたが、姉はひとりで何事かを考えているらしく、それをはっきりと打ち明けずに終わった。

山のふもとに来たとき、厨子王《ずしおう》はこらえかねて言った。「姉さん。わたしはこうして久《ひさ》しぶりでいっしょに歩くのだから、うれしがらなくてはならないのですが、どうも悲しくてなりません。わたしはこうして手を引いていながら、あなたの方へ向いて、そのおかっぱ髪《がみ》の頭を見ることができません。姉さん。あなたはわたしにかくして、何か考えていますね。なぜそれをわたしに言って聞かせてくれないのです」

安寿《あんじゅ》はけさも仏様《ほとけさま》が放つ光のような喜《よろこ》びを額《ひたい》にたたえて、大きい目を輝《かがや》かしている。しかし弟のことばには答えない。ただ引き合っている手に力を入れただけである。

山に登ろうとする所に沼《ぬま》がある。水ぎわには去年見たときのように、枯《か》れたアシが縦横《じゅうおう》に乱《みだ》れているが、道ばたの草には黄ばんだ葉の間に、もう緑の芽の出たのがある。沼《ぬま》のほとりから右に折れて登ると、そこに岩のすき間から清水のわく所がある。そこを通り過《す》ぎて、岩壁《がんぺき》を右に見ながら、うねった道を登ってゆくのである。

ちょうど岩の面《おもて》に朝日が一面さしている。安寿《あんじゅ》は重なり合った岩の、風化した間に根を下ろして、小さいすみれの咲《さ》いているのを見つけた。そしてそれを指さして厨子王《ずしおう》に見せて言った。

「ごらん。もう春になるのね」

厨子王《ずしおう》はだまってうなずいた。姉は胸《むね》に秘密《ひみつ》をたくわえ、弟は憂《うれ》いばかりをいだいているので、とかく受け答えができずに、話は水が砂《すな》にしみ込《こ》むようにすぐとぎれてしまう。

去年柴《しば》を刈《か》った木立のあたりに来たので、厨子王《ずしおう》は足をとめた。「姉さん。ここらで刈《か》るのです」

「まあ、もっと高い所へ登ってみましょうね」安寿《あんじゅ》は先に立ってずんずん登っていく。厨子王《ずしおう》は疑《うたが》わしく思いながらついていく。しばらくして雑木林《ぞうきばやし》よりはよほど高い、外山《とやま》の頂上《ちょうじょう》のような所に出た。

安寿《あんじゅ》はそこに立って、南の方をじっと見ている。目は、石浦《いしうら》を経《へ》て由良《ゆら》の港に注ぐ大雲川《おおくもがわ》の上流をたどって、一里（約四㌔）ばかりへだたった川向かい、こんもりと茂《しげ》った木立の中から、塔《とう》の先の見える中山《なかやま》に止まった。

そして「厨子王《ずしおう》や」と弟に呼《よ》びかけた。「わたしが久《ひさ》しい前から考え事をしていて、おまえともいつものように話をしないのを、変だと思っていたでしょうね。もう今日は柴《しば》なんぞ刈《か》らなくてもいいから、わたしの言うことをよくお聞き。小萩《こはぎ》は伊勢《いせ》から売られて来たので、故郷《こきょう》からこの土地までの道を、わたしに話して聞かせてくれたがね、あの中山《なかやま》を越《こ》して行けば、京の都がもう近いのだよ。筑紫《つくし》へゆくのは難《むずか》しいし、引き返して佐渡《さど》へわたるのも、たやすいことではないけれど、都へはきっとゆかれます。お母さまとごいっしょに岩代《いわしろ》を出てから、わたしどもは恐《おそ》ろしい人にばかり出会ったが、人の運が開けるものなら、善《よ》い人に出会わないとも限《かぎ》りません。おまえはこれから思い切って、この土地を逃《に》げのびて、どうぞ都へ上っておくれ。神仏《しんぶつ》のお導《みちび》きで、善《よ》い人にさえ出会ったら、筑紫《つくし》へやられたお父さまのお身の上も知れよう。佐渡《さど》へお母さまのお迎《むか》えにゆくこともできよう。かごやカマは捨《す》てておいて、弁当《べんとう》だけ持ってゆくのだよ」

厨子王《ずしおう》はだまって聞いていたが、涙《なみだ》がほおを伝わって流れてきた。「そして、姉さん、あなたはどうしようというのです」

「わたしのことはかまわないで、おまえ一人ですることを、わたしといっしょにするつもりでしておくれ。お父さまにもお目にかかり、お母さまをも島からお連れ申した上で、わたしを助けに来ておくれ」

「でもわたしがいなくなったら、あなたをひどい目にあわせましょう」厨子王《ずしおう》の心には、焼き印をされた恐《おそ》ろしい夢《ゆめ》が浮《う》かぶ。

「それはいじめるかもしれないがね、わたしはがまんしてみせます。金で買った婢《はしため》を、あの人たちは殺《ころ》しはしません。たぶんおまえがいなくなったら、わたしを二人前働かせようとするでしょう。おまえの教えてくれた木立の所で、わたしは柴《しば》をたくさん刈《か》ります。六かごまでは刈《か》れないでも、四かごでも五かごでも刈《か》りましょう。さあ、あそこまで下りて行って、かごやカマをあそこに置いて、おまえをふもとへ送ってあげよう」こう言って安寿《あんじゅ》は先に立って下りてゆく。

厨子王《ずしおう》はなんとも思い決めかねて、ぼんやりしてついて下りる。姉はことし十五になり、弟は十三になっているが、女ははやく大人びて、そのうえ物の怪《け》につかれたように、感覚が鋭《するど》く賢《かしこ》くなっているので、厨子王《ずしおう》は姉のことばにそむくことができないのである。

木立の所まで下りて、二人はかごとカマとを落ち葉の上に置いた。姉は守本尊《まもりほんぞん》を取り出して、それを弟の手にわたした。「これは大事なお守りだが、今度会うまでおまえに預《あず》けます。この地蔵様《じぞう》をわたしだと思って、守刀《まもりがたな》といっしょにして、大事に持っていておくれ」

「でも姉さんにお守りがなくては」

「いいえ。わたしよりは危《あぶ》ない目にあうおまえにお守りを預《あず》けます。晩《ばん》におまえが帰らないと、きっとさがしに討手《うって》が追いかけます。おまえがいくら急いでも、あたりまえに逃《に》げて行っては、追いつかれるに決まっています。さっき見た川の上手《かみて》を和江《わえ》という所まで行って、うまく人に見つけられずに、向こう岸へ越《こ》してしまえば、中山《なかやま》まではもう近い。そこへ行ったら、あの塔《とう》の見えていたお寺に入ってかくまっておもらい。しばらくあそこにかくれていて、討手《うって》が帰って来たあとで、寺を逃《に》げておいで」

「でもお寺の坊《ぼう》さんがかくしておいてくれるでしょうか」

「さあ、それが運だめしだよ。開ける運なら坊《ぼう》さんがおまえをかくしてくれましょう」

「そうですね。姉さんの今日おっしゃることは、まるで神様か仏様《ほとけさま》がおっしゃるようです。わたしは考えを決めました。なんでも姉さんのおっしゃるとおりにします」

「おう、よくきいておくれだ。坊《ぼう》さんは善《よ》い人で、きっとおまえをかくしてくれます」

「そうです。わたしにもそうらしく思われてきました。逃《に》げて都へもゆかれます。お父さまやお母さまにも会われます。姉さんのお迎《むか》えにも来られます」厨子王《ずしおう》の目が姉と同じように輝《かがや》いてきた。

「さあ、ふもとまでいっしょに行くから、早くお出で」

二人は急いで山を下りた。足の運びも前とはちがって、姉の熱い気持ちが、自然に弟に移《うつ》っていったかと思われる。

泉《いずみ》のわく所へ出た。姉は弁当《べんとう》といっしょに持っている木のわんを出して、清水をくんだ。「これがおまえの門出を祝うお酒だよ」こう言って一口飲んで弟にわたした。

弟はわんの水を飲みほした。「そんなら姉さん、ごきげんよう。きっと人に見つからずに、中山《なかやま》までまいります」

厨子王《ずしおう》は十歩ばかり残っていた坂道を一気にかけ下りて、沼《ぬま》にそった街道に出た。そして大雲川《おおくもがわ》の岸を上手《かみて》へ向かって急ぐのである。

安寿《あんじゅ》は泉《いずみ》のほとりに立って、並木《なみき》の松に見えかくれする厨子王《ずしおう》の後ろ姿《すがた》を小さくなるまで見送った。そして日はようやく昼に近づくのに、山に登ろうともしない。幸いにも今日はこのあたりの山で木を切る人がないとみえて、坂道に立って時を過《す》ごす安寿《あんじゅ》を見とがめる者もなかった。

のちに姉弟をさがしに出た、山椒大夫《さんしょうだゆう》一家の討手《うって》が、この坂の下の沼《ぬま》のふちで、小さいわらぐつを一足拾った。それは安寿《あんじゅ》のわらぐつであった。


中山《なかやま》の国分寺（聖武天皇《しょうむてんのう》の祈願《きがん》により国ごとに建てられた寺）の三門（正門）に、たいまつの火が乱《みだ》れて、おおぜいの人が押《お》し入ってくる。先に立ったのは、白いつかの薙刀《なぎなた》を手に持った、山椒大夫《さんしょうだゆう》の息子三郎《さぶろう》である。

三郎《さぶろう》は本堂《ほんどう》の前に立って大声で言った。「これへまいったのは、石浦《いしうら》の山椒大夫《さんしょうだゆう》一族の者じゃ。大夫が使う奴《やっこ》の一人が、この山に逃《に》げ込《こ》んだのを、たしかに見た者がある。かくれる場所は寺の内よりほかにはない。すぐにここへ出してもらおう」ついて来たおおぜいが、「さあ、出してもらおう、出してもらおう」と叫《さけ》んだ。

本堂《ほんどう》の前から門の外まで、広い石畳《いしだたみ》が続いている。その石の上には、いま手に手にたいまつを持った、三郎《さぶろう》の手下が押《お》し合っている。また石畳《いしだたみ》の両側には、境内《けいだい》に住んでいる限《かぎ》りの人や僧侶《そうりょ》たちが、ほとんど一人も残らず集まっている。これは討《う》手《て》の群れが門外で騒《さわ》いだとき、堂内《どうない》からも台所からも、何事が起こったかと、怪《あや》しんで出てきたのである。

初めに討手《うって》が門外から門を開けろと叫《さけ》んだとき、開けて入れたら、乱暴《らんぼう》をされるのではないかと心配して、開けまいとした僧侶《そうりょ》が多かった。それを住職《じゅうしょく》の曇猛和尚《どんみょうおしょう》が開けさせた。しかしいま三郎《さぶろう》が大声で、逃《に》げた奴《やっこ》を出せと言うのに、本堂《ほんどう》は戸を閉《と》じたまま、しばらくの間ひっそりと静まりかえっている。

三郎《さぶろう》は足ぶみをして、同じことを二、三度くり返した。三郎《さぶろう》の手の者の中から「和尚《おしょう》さん、どうしたのだ」と叫《さけ》ぶ者がある。それに短い笑い声がまじる。

ようやくのことで本堂《ほんどう》の戸が静かに開いた。曇猛和尚《どんみょうおしょう》が自分で開けたのである。和尚《おしょう》は僧衣《そうい》一枚《まい》を身にまとって、なにもいかめしい態度《たいど》をとることなく、常《つね》にともされている灯明のうす明かりを背《せ》にしてお堂《どう》の階段《かいだん》の上に立った。背《せ》の高いがんじような身体と、眉《まゆ》のまだ黒い角張《かどば》った顔とが、ゆらめく火に照らし出された。和尚《おしょう》はまだ五十歳《さい》を越《こ》えたばかりである。

和尚《おしょう》は静かに口を開いた。騒《さわ》がしい討手《うって》の者も、和尚《おしょう》の姿《すがた》を見ただけでだまったので、声はすみずみまで聞こえた。

「逃《に》げた下男《げなん》をさがしに来られたのじゃな。この寺では住職《じゅうしょく》のわしに言わずに人はとめぬ。わしが知らぬから、その者は寺にはおらぬ。それはそれとして、夜の暗やみに刀など持って、多人数押《お》し寄《よ》せてまいられ、三門を開けろと言われた。さては国に大乱《たいらん》でも起こったか、朝廷《ちょうてい》に背《そむ》く謀反人《むほんにん》でも出たかと思うて、三門を開けさせた。それになんじゃ。自分の家の下男《げなん》さがしか。この寺は天皇祈願《てんのうきがん》の寺院で、三門には天皇直筆《てんのうじきひつ》の額《がく》をかけ、七重の塔《とう》には天皇直筆《てんのうじきひつ》の金字経文《こんじきょうもん》が収《おさ》めてある。ここで乱暴《らんぼう》をはたらかれると、国守《くにのかみ》は寺社の監督役《かんとく》から責任《せきにん》を問われることになるのじゃ。また総本山《そうほんざん》の東大寺に訴《うった》えたら、都からどのようなお裁《さば》きがあるかもしれぬ。そこをよう考えてみて、早う引き取られるのがよかろう。悪いことは言わぬ。あなた方のためじゃ」こう言って和尚《おしょう》は静かに戸を閉《し》めた。

三郎《さぶろう》は本堂《ほんどう》の戸をにらんで歯ぎしりをした。しかし戸を打ち破《やぶ》ってふみ込《こ》むだけの勇気もなかった。手の者どもはただ風に木の葉がざわつくようにささやき合っている。

このとき大声で叫《さけ》ぶ者があった。「その逃《に》げたというのは十二、三の小わっぱじゃろう。それならわしが知っておる」

三郎《さぶろう》は驚《おどろ》いて声の主を見た。父の山椒大夫《さんしょうだゆう》に見まがうようなおやじで、この寺の鐘《かね》つき男である。おやじは続けて言った。「その小わっぱはな、わしが昼ごろ鐘《かね》つき堂《どう》から見ておると、土塀《どべい》の外を通って南へ急いだ。か弱いわりには身が軽い。もうだいぶ道を行ったじゃろう」

「それじゃ。半日に童《わらべ》のゆく道は知れたものじゃ。続け」と言って三郎《さぶろう》は道をとって返した。

たいまつの行列が寺の門を出て、土塀《どべい》の外を南へゆくのを、鐘《かね》つき男は鐘《かね》つき堂《どう》から見て、大声で笑った。近い木立の中で、ようやく落ち着いて寝《ね》ようとしたカラスが二、三羽また驚《おどろ》いて飛び立った。

あくる日に国分寺から四方へ人が向かった。石浦《いしうら》に行った者は、安寿《あんじゅ》が沼《ぬま》に身を投げたことを聞いてきた。南の方へ行った者は、三郎《さぶろう》のひきいた討手《うって》が田辺《たなべ》（京都府舞鶴市《まいづるし》）まで行って引き返したことを聞いてきた。

その三日後、曇猛和尚《どんみょうおしょう》が田辺《たなべ》の方へ寺を出た。たらいほどの大きな鉄の鉢《はち》（食料をもらい受ける器）を持って、腕《うで》の太さほどの錫杖《しゃくじょう》（金属《きんぞく》の輪の付いた杖《つえ》）をついている。あとからは頭をそり上げて僧侶《そうりょ》のけさを着た厨子王《ずしおう》がついてゆく。

二人は真昼に街道を歩いて、夜はあちこちの寺に泊《と》まった。山城《やましろ》（京都府南部）の朱雀野《しゅじゃくの》に来て、和尚《おしょう》は権現堂《ごんげんどう》に休んで、厨子王《ずしおう》と別れた。「守本尊《まもりほんぞん》を大切にしてゆけ。父母の様子はきっと知れる」と言い聞かせて、和尚《おしょう》は引き返した。亡《な》くなった姉と同じことを言う坊様《ぼうさま》だと、厨子王《ずしおう》は思った。

都へ上がった厨子王《ずしおう》は、僧《そう》の姿《すがた》をしているので、東山の清水寺《きよみずでら》に泊《と》まった。信者や行者がこもってお祈《いの》りする籠堂《こもりどう》に寝《ね》て、あくる朝目が覚めると、直衣《のうし》（貴《き》族《ぞく》の平服）に烏帽子《えぼし》（袋状《ふくろじょう》のかぶり物）を着け、指貫《さしぬき》（はかま）をはいた老人が、枕元《まくらもと》に立っていて言った。

「おまえはだれの子じゃ。何か大切な物を持っているなら、どうぞおれに見せてくれい。おれは娘《むすめ》の病気の全快《ぜんかい》を祈《いの》るために、夕べこのお堂《どう》にこもった。すると夢《ゆめ》にお告《つ》げがあった。左の格子《こうし》の所に寝《ね》ている童《わらわ》がよい守本尊《まもりほんぞん》を持っている。それを借りて拝《おが》みなさいということじゃ。今朝、来て見てみれば、おまえがいる。どうぞおれにおまえの身の上を明らかにして、守本尊《まもりほんぞん》を貸《か》してくれい。おれは関白（天皇《てんのう》を補佐《ほさ》する権力者《けんりょくしゃ》）の藤原師実《ふじわらのもろざね》じゃ」

厨子王《ずしおう》は言った。「わたくしは陸奥《むつ》の国司《くにのかみ》の平正氏《たいらのまさうじ》という者の子でございます。父は十二年前に筑紫《つくし》の安楽寺へ行ったきり、帰らぬそうでございます。母はその年に生まれたわたくしと、三つになる姉とを連れて、岩代《いわしろ》の信夫郡《しのぶごおり》に住むことになりました。そのうちわたくしがだいぶ大きくなったので、姉とわたくしとを連れて、父を訪《たず》ねに旅立ちました。越後《えちご》まで出ますと、恐《おそ》ろしい人買いにつかまり、母は佐渡《さど》へ、姉とわたくしとは丹後《たんご》の由良《ゆら》へ売られました。姉は由良《ゆら》で亡《な》くなりました。わたくしの持っている守本尊《まもりほんぞん》はこの地蔵《じぞう》様でございます」こう言って守本尊《まもりほんぞん》を出して見せた。

師実《もろざね》は仏像《ぶつぞう》を手に取って、まず額《ひたい》に当てるようにして礼をした。それから表と裏《うら》を何度もひっくり返して、ていねいに見て言った。

「これはかねて聞いていた、尊《とうと》い放光王地蔵菩薩《ほうこうおうじぞうぼさつ》の金像《こんぞう》じゃ。百済《くだら》の国（古代朝鮮《ちょうせん》半島にあった国）からわたったのを、平氏《へいし》の先祖《せんぞ》の高見王《たかみおう》が守本尊《まもりほんぞん》としてお手元に置かれていた。これを持ち伝えておるからは、おまえの家がらにまちがいはない。上皇《じょうこう》（譲位《じょうい》した天皇《てんのう》）がまだ天皇《てんのう》の位におられたころに、国守の事件《じけん》にからんで、筑紫《つくし》へ追放された平正氏《たいらのまさうじ》の跡《あと》つぎにちがいないだろう。もしおまえが僧侶《そうりょ》からもとの身分にもどるのを望むなら、やがて国司任命《くにのかみにんめい》の命令もあろう。まずは当分はおれの家の客にする。おれといっしょに館へ来い」

関白師実《もろざね》の娘《むすめ》というのは、上皇《じょうこう》にお仕えしてお世話をしている養女で、じつは妻《つま》の姪《めい》である。この后《きさき》は久《ひさ》しい間病気でいたのに、厨子王《ずしおう》の守本尊《まもりほんぞん》を借りて拝《おが》むと、すぐにぬぐうように病気がすっかり治った。

師実《もろざね》は厨子王《ずしおう》を僧《そう》からもとの身分にもどし、自分の手で冠《かんむり》を着けて元服《げんぷく》（成人）の式をさせた。同時に父正氏《まさうじ》の追われた筑紫《つくし》へ、その罪《つみ》を許《ゆる》す赦免状《しゃめんじょう》を持たせて、無事かどうかを問いに使いをやった。しかしこの使いが行ったとき、正氏《まさうじ》はもう死んでいた。元服《げんぷく》して正道《まさみち》と名のっている厨子王《ずしおう》は、身のやつれるほど嘆《なげ》いた。

その年の秋、都での役人の任命式《にんめいしき》で正道は丹後《たんご》の国守に任命《にんめい》された。この役職《やくしょく》は任地《にんち》に自分でゆかずに代わりの者を置いて治めさせるのである。しかし国守は最初の仕事として、丹後《たんご》の国での人の売り買いを禁止《きんし》した。そこで山椒大夫《さんしょうだゆう》もことごとく奴婢《ぬひ》を解放《かいほう》して、給料を払《はら》うことにした。大夫の家では一時それを大きな損失《そんしつ》のように思ったが、この時から農作も職人《しょくにん》の業《わざ》も以前にも増《ま》して盛《さか》んになって、その一族はいよいよ富み栄えた。国守の恩人曇猛和尚《おんじんどんみょうおしょう》は僧《そう》の位が上がり律師《りっし》から僧都《そうず》にされ、国守の姉をいたわった小萩《こはぎ》は故郷《こきょう》の伊勢《いせ》へ帰された。安寿《あんじゅ》は心をこめて弔《とむら》われ、また身を投げた沼《ぬま》のほとりには尼寺《あまでら》が建つことになった。

正道は任地丹後《にんちたんご》のためにこれだけのことをしておいて、とくに休暇《きゅうか》をもらって、おしのびで佐渡島《さどがしま》へわたった。

佐渡《さど》の役所は雑太《さわた》という所にある。正道はそこへ行って、役人の手で国中を調べてもらったが、母の行方《ゆくえ》は簡単《かんたん》には知れなかった。

ある日、正道は思案にくれながら、ひとり旅館を出て市中を歩いた。そのうちいつか人家の建ち並《なら》んだ所を離《はな》れて、畑の中の道にかかった。空はよく晴れて日があかあかと照っている。正道は心に、「どうしてお母さまの行方《ゆくえ》が知れないのだろう。もしや役人なんぞにまかせて調べさせて、自分がさがし歩かぬのを神仏《しんぶつ》が憎《にく》んで会わせてくださらないのではあるまいか」などと思いながら歩いている。

ふと見れば、だいぶ大きい百姓家《ひゃくしょうや》がある。家の南側のまばらな生け垣《いけがき》の内が、土をたたき固めた広場になっていて、その上に一面にむしろが敷《し》いてある。むしろには刈《か》り取ったアワの穂《ほ》がほしてある。その真ん中に、ぼろを着た女がすわって、手に長いさおを持って、スズメが飛んで来てついばむのを追い払《はら》っている。女は何やら歌のような調子でつぶやく。

正道はなぜか知らず、この女に心がひかれて、立ち止まってのぞいた。女の乱《みだ》れた髪《かみ》はちりで汚《よご》れている。顔を見れば盲目《もうもく》である。正道はひどくあわれに思った。そのうち女のつぶやいていることばが、次第に耳になれて聞きわけられるようになってきた。それと同時に正道は熱病のように体が震《ふる》えて、目には涙《なみだ》があふれてきた。女はこういうことばをくり返しつぶやいていたのである。

安寿恋《あんじゅこい》しや、ほうやれほ。
厨子王恋《ずしおうこい》しや、ほうやれほ。
鳥も生《しょう》あるものなれば、
とうと逃《に》げよ、追わずとも。

正道はうっとりとなって、このことばに聞きほれた。そのうちはらわたがにえ返るような激《はげ》しい怒《いか》りにかられて、獣《けもの》めいた叫《さけ》びが口から出ようとするのを、歯をくいしばってこらえた。たちまち正道はしばられた縄がとけたように垣根《かきね》の内にかけ込《こ》んだ。そして足にはアワの穂《ほ》をふみ散らしながら、女の前にうつ伏《ぶ》した。右の手には守本尊《まもりほんぞん》をささげ持って、うつ伏《ぶ》したときに、それを額《ひたい》に押《お》し当てていた。

女はスズメではない、もっと大きいものがアワをあらしに来たのを知った。そしていつものことばを唱えるのをやめて、見えない目でじっと前を見た。そのとき干《ほ》した貝が水でやわらかくうるおうように、両方の目にうるおいが出た。女は目があいた。

「厨子王《ずしおう》」という叫《さけ》びが女の口から出た。二人はぴったり抱《だ》き合った。

（了）

最後の一句

江戸《えど》時代の中期、元文《げんぶん》三（一七三八）年十一月二十三日の事である。大坂で、船乗り業の桂屋太郎兵衛《かつらやたろべえ》というものを、木津川《きづがわ》の河口《かこう》で三日間さらし者にしたうえ、打ち首の刑《けい》にすると書かれた高札《こうさつ》（立て札）が立てられた。大坂市中いたる所で太《た》郎兵衛《ろべえ》のうわさばかりしている中に、それを最も痛切《つうせつ》に感じなくてはならない太郎《たろ》兵衛《べえ》の家族は、南組堀江橋《ほりえばし》そばの家で、もう丸二年ほど、ほとんどまったく世間との行き来をたって暮《く》らしているのである。

この予期された出来事を、桂屋《かつらや》に知らせに来たのは、ほど遠くない平野町《ひらのまち》に住んでいる太郎兵衛《たろべえ》の女房《にょうぼう》の母であった。この白髪頭《しらがあたま》の老女の事を桂屋《かつらや》では平野町《ひらのまち》のおばあ様と言っている。おばあ様とは、桂屋《かつらや》にいる五人の子どもがいつもいい物をおみやげに持って来てくれる祖母《そぼ》に名づけた名で、それを主人も呼《よ》び、女房《にょうぼう》も呼《よ》ぶようになったのである。

おばあ様をしたって、おばあ様にあまえ、おばあ様にねだる孫が、桂屋《かつらや》に五人いる。その四人は、おばあ様が十七になった娘《むすめ》を桂屋《かつらや》へ嫁《よめ》によこしてから、今年十六年目になるまでの間に生まれたのである。長女いちが十六歳《さい》、二女まつが十四歳《さい》になる。その次に太郎兵衛《たろべえ》が娘《むすめ》をよめに出す覚悟《かくご》で、平野《ひらの》町の女房《にょうぼう》の実家から、赤《あか》ん坊《ぼう》のうちにもらい受けた、長太郎《ちょうたろう》という十二歳《さい》の男子がある。その次にまた生まれた太郎兵衛《たろべえ》の娘《むすめ》は、とくと言って八歳《さい》になる。最後に太郎兵衛《たろべえ》の初めてもうけた男子の初五郎《はつごろう》がいて、これが六歳《さい》になる。

平野《ひらの》町の実家は裕福《ゆうふく》なので、おばあ様のおみやげは孫たちにいつも満足をあたえていた。それが一昨年に太郎兵衛《たろべえ》が牢屋《ろうや》に入ってからは、とかく孫たちを失望させるようになった。おばあ様が日常《にちじょう》の生活に役立つ物をおもに持ってくるので、おもちゃやお菓子《かし》は少なくなったからである。

しかしこれから成長してゆく子どもたちの元気は盛《さか》んなもので、ただおばあ様のおみやげがとぼしくなったばかりでなく、おっ母《か》様のふきげんになったのにも、ほどなく慣《な》れて、とくにしおれた様子もなく、相変わらず小さい争いと小さい仲直りが次々にくり返される、にぎやかな生活を続けている。そして「遠い遠い所へ行って帰らぬ」と言い聞かされた父の代わりに、このおばあ様の来るのを歓迎《かんげい》している。

これに反して、災難《さいなん》にあってからは、いつも同じように後悔《こうかい》と悲痛《ひつう》とのほかに、何物をも心に受け入れることのできなくなった太郎兵衛《たろべえ》の女房《にょうぼう》は、手厚《てあつ》く生活の援《えん》助《じょ》をしてくれ、親切に慰《なぐさ》めてくれる母に対しても、ろくに感謝《かんしゃ》の気持ちをみせることがない。母がいつ来ても、同じようなぐちを聞かせて帰すのである。

災難《さいなん》にあった初めには、女房《にょうぼう》はただぼう然と目をみはっていて、食事も子どものために、機械的に世話するだけで、自分はほとんど何も食わずに、しきりにのどがかわくと言っては、湯を少しずつ飲んでいた。夜は疲《つか》れてぐっすり寝《ね》たかと思うと、たびたび目を覚ましてため息をつく。それから起きて、夜中に裁縫《さいほう》などをすることがある。そんなときは、そばに母の寝《ね》ていないのに気がついて、最初に四歳《さい》になる初五郎《はつごろう》が目を覚ます。次いで六歳《さい》になるとくが目を覚ます。女房《にょうぼう》は子どもに呼《よ》ばれてふとんに入って、子どもが安心して寝《ね》つくと、また大きく目を開いてため息をついているのであった。それから二、三日たって、ようやく泊《と》まりがけで来ている母にぐちを言って泣くことができるようになった。それから丸二年ほどの間、女房《にょうぼう》は機械的に立ち働いては、同じようにぐちを言い、同じように泣いているのである。

高札《こうさつ》の立った日には、昼過《ひるす》ぎに母が来て、女房《にょうぼう》に太郎兵衛《たろべえ》の運命の決まったことを話した。しかし女房《にょうぼう》は、母の恐《おそ》れたほど驚《おどろ》きもせず、聞いてしまって、またいつもと同じぐちを言って泣いた。母はあまり手ごたえのないのを物足りなく思うくらいであった。このとき長女のいちは、ふすまの陰《かげ》に立って、おばあ様の話を聞いていた。

桂屋《かつらや》に起こった災難《さいなん》というのはこうである。主人太郎兵衛《たろべえ》は船乗りとはいって

も、自分が船に乗るのではない。大坂と東北、北陸地方を結ぶ北国通《ほっこくがよ》いの船を持っていて、それに新七という男を乗せて、運送業を営《いとな》んでいる。大坂ではこの太郎兵《たろべ》衛《え》のような男を居船頭《いせんどう》と言っていた。居船頭《いせんどう》の太郎兵衛《たろべえ》が沖船頭《おきせんどう》と言われる新七を使っているのである。

元文《げんぶん》元年の秋、新七の船は、出羽国《でわのくに》秋田から米を積んで出港した。その船が不幸にも航海《こうかい》中に強い波風にあってなかば難破《なんぱ》して、積み荷の半分以上を流出した。新七は残った米を売って金にして、大坂に持って帰った。

さて新七が太郎兵衛《たろべえ》に言うには、船が難破《なんぱ》したことはどこの港でも知っている。残った積み荷を売ったこの金は、もう米の持ち主に返すこともないだろう。これはあとの船をつくる費用《ひよう》にあてようじゃないかと言った。

太郎兵衛《たろべえ》はそれまで正直に営業《えいぎょう》していたのだが、営業《えいぎょう》上に大きい損失《そんしつ》を出した直後に、現金《げんきん》を目の前に並《なら》べられたので、ふと良心の鏡がくもって、その金を受け取ってしまった。

すると、秋田の米の持ち主のほうでは、難破《なんぱ》の知らせを受けたのち、残りの積み荷のあったことやら、それを買った人のあったことやらを、人づてに聞いて、わざわざ人を調べに出した。そして新七の手から太郎兵衛《たろべえ》にわたった金額《きんがく》までを探《さぐ》り出してしまった。

米の持ち主は大坂へ出て奉行所《ぶぎょうしょ》に訴《うった》えた。新七は逃走《とうそう》した。そこで太郎兵衛《たろべえ》が牢屋《ろうや》に入れられてとうとう死罪《しざい》にされることになったのである。

平野町《ひらのまち》のおばあ様が来て、恐《おそ》ろしい話をするのを姉娘《あねむすめ》のいちが立ち聞きをした晩《ばん》の事である。桂屋《かつらや》の女房《にょうぼう》はいつものぐちを言って泣いたあとでいつものように疲《つか》れが出て、ぐっすり寝入《ねい》った。女房《にょうぼう》の両側には、初五郎《はつごろう》とくが寝《ね》ている。初五郎《はつごろう》の隣《となり》には長太郎《ちょうたろう》が寝《ね》ている。とくの隣《となり》にまつ、それに並《なら》んでいちが寝《ね》ている。

しばらくたって、いちが何やらふとんの中でひとり言を言った。「ああ、そうしよう。きっとできるわ」と、言ったようである。

まつがそれを聞きつけた。そして「ねえさん、まだ寝《ね》ないの」と言った。

「大きい声をおしでない。わたしいい事を考えたから」いちはまずこう言って妹をなだめておいて、それから小声でこういう事をささやいた。お父《と》っさんはあさって殺《ころ》されるのである。自分はそれを殺《ころ》させぬようにすることができると思う。どうするかというと、願書《ねがいしょ》というものを書いてお奉行《ぶぎょう》様に出すのである。しかしただ殺《ころ》さないでおいてくださいと言ったって、それではきかれない。お父《と》っさんを助けて、その代わりにわたくしども子どもを殺《ころ》してくださいと言って頼《たの》むのである。それをお奉行《ぶぎょう》様がきいてくださって、お父《と》っさんが助かれば、それでいい。子どもはほんとうにみんな殺《ころ》されるやら、わたしが殺《ころ》されて、小さい者は助かるやら、それはわからない。ただお願いをするとき、長太郎《ちょうたろう》だけはいっしょに殺《ころ》してくださらないように書いておく。あれはお父《と》っさんのほんとうの子でないから、死ななくてもいい。それにお父《と》っさんがこの家の跡《あと》を取らせようと言っていらっしゃったのだから、殺《ころ》されないほうがいいのである。いちは妹にそれだけの事を話した。

「でもこわいわね」

「そんなら、お父《と》っさんを助けてもらいたくないの」

「それは助けてもらいたいわ」

「それごらん。まつさんはただわたしについて来て同じようにさえしていればいいのだよ。わたしが今夜願書《ねがいしょ》を書いておいて、明日の朝早く持って行きましょうね」

いちは起きて、お習字の清書をする半紙に、ひらがなで願書《ねがいしょ》を書いた。父の命を助けて、その代わりに自分と妹のまつ、とく、弟の初五郎《はつごろう》を罰《ばっ》していただきたい、実の子でない長太郎《ちょうたろう》だけはお許《ゆる》しくださるようにというだけの事ではあるが、どう書けばいいのかわからないので、いく度も書きそこなって、清書のためにもらってあった紙が残り少なくなった。しかしとうとう一番鶏《いちばんどり》の鳴く夜明け前には願書《ねがいしょ》ができた。

願書《ねがいしょ》を書いているうちに、まつが寝入《ねい》ったので、いちは小声で呼《よ》び起こして、ふとんのわきにたたんであった普段着《ふだんぎ》に着がえさせた。そして自分もしたくをした。女房《にょうぼう》と初五郎《はつごろう》とは知らずに寝《ね》ていたが、長太郎《ちょうたろう》が目を覚まして、「ねえさん、もう夜が明けたの」と言った。

いちは長太郎《ちょうたろう》のふとんのわきへ行ってささやいた。「まだ早いから、おまえは寝《ね》ておいで。ねえさんたちは、お父《と》っさんの大事なご用で、そっと行ってくる所があるのだからね」

「そんならおいらもゆく」と言って、長太郎《ちょうたろう》はむっくり起き上がった。

いちは言った。「じゃあ、お起き、着物を着せてあげよう。長さんは小さくても男だから、いっしょに行ってくれれば、そのほうがいいのよ」と言った。

女房《にょうぼう》は夢《ゆめ》のようにあたりの騒《さわ》がしいのを聞いて、少し不安になって寝返《ねがえ》りをしたが、目は覚めなかった。

三人の子どもがそっと家を抜《ぬ》け出したのは、二番鶏《にばんどり》の鳴く夜明けころであった。家の外は一面に霜《しも》の暁《あかつき》だった。ちょうちんを持って、ひょうし木をたたいて歩く夜回りのじいさんに、お奉行《ぶぎょう》様の所へはどう行ったらいいのかと、いちがたずねた。じいさんは親切な、ものわかりのいい人で、子どもの話をまじめに聞いて、月当番の西町奉行所《ぶぎょうしょ》のある所を、ていねいに教えてくれた。当時の町奉行所《まちぶぎょうしょ》は、東町奉行《ぶぎょう》が稲垣淡路守種信《いながきあわじのかみたねのぶ》で、西町奉行《ぶぎょう》が佐々又四郎成意《ささまたしろうなりむね》である。そして十一月には西の佐々《ささ》が月当番に当たっていたのである。

じいさんが教えているうちに、それを聞いていた長太郎《ちょうたろう》が、「そんなら、おいらの知った町だ」と言った。そこで姉妹は長太郎《ちょうたろう》を先に立てて歩き出した。

ようやく西町奉行所《ぶぎょうしょ》にたどり着いてみれば、門がまだ閉《し》まっていた。門番所の窓《まど》の下に行って、いちが「もしもし」とたびたびくり返して呼《よ》んだ。

しばらくして窓《まど》の戸が開いて、そこへ四十歳《さい》くらいの男の顔がのぞいた。「やかましい。なんだ。」

「お奉行《ぶぎょう》様にお願いがあってまいりました」と、いちがていねいに腰《こし》をかがめて言った。

「ええ」と言ったが、男はことばの意味がよくわからない様子であった。

いちはまた同じ事を言った。

男はようやくわかったらしく、「お奉行様《ぶぎょう》には子どもがものを申し上げることはできない、親が出て来るがいい」と言った。

「いいえ、父は明日処刑《しょけい》になりますので、それについてお願いがございます」

「なんだ。明日処刑《しょけい》になる。それじゃあ、おまえは桂屋太郎兵衛《かつらやたろべえ》の子か」

「はい」と、いちが答えた。

「ふん」と言って、男は少し考えた。そして言った。「けしからん。子どもまでが上《かみ》（幕府《ばくふ》）を恐《おそ》れないとみえる。お奉行様《ぶぎょう》はおまえたちにお会いはしない。帰れ帰れ」こう言って、窓《まど》を閉《し》めてしまった。

まつが姉に言った。「ねえさん、あんなにしかるから帰りましょう」

いちは言った。「だまっておいで。しかられたって帰るのじゃありません。ねえさんのするとおりにしておいで」こう言って、いちは門の前にしゃがんだ。まつと長太郎《ちょうたろう》とは並《なら》んでしゃがんだ。

三人の子どもは門の開くのをだいぶ長く待った。ようやく門を閉《と》じていた横木をはずす音がして、門が開いた。開けたのは、先に窓《まど》から顔を出した男である。

いちが先に立って門のうちに進み入ると、まつと長太郎《ちょうたろう》とが後に続いた。

いちの態度《たいど》があまり平気なので、門番の男は急に押《お》しとどめようともせずにいた。そしてしばらく三人の子どもの玄関《げんかん》の方へ進むのを、目をみはって見送っていたが、ようやくわれに返って、「これこれ」と声をかけた。

「はい」と言って、いちはおとなしく立ち止まってふり返った。

「どこへゆくのだ。さっき帰れと言ったじゃないか」

「そうおっしゃいましたが、わたくしどもはお願いを聞いていただくまでは、どうしても帰らないつもりでございます」

「ふん。しぶといやつだな。とにかくそんな所へ行ってはいかん。こっちへ来い」

子どもたちは引き返して、門番の詰所《つめしょ》へ来た。それと同時に玄関《げんかん》わきから、「なんだ、なんだ」と言って、つめていた二、三人の役人が出てきて、子どもたちを取り巻《ま》いた。いちはほとんどこうなるのを待ちかまえていたように、そこにうずくまって、ふところから書きつけを出して、一番前にいる与力《よりき》（奉行《ぶぎょう》の補佐役《ほさやく》）にさし出した。まつと長太郎《ちょうたろう》もいっしょにうずくまっておじぎをした。

書きつけを前へ出された与力《よりき》は、それを受け取ったものか、どうしたものかと迷《まよ》うらしく、だまっていちの顔を見下ろしていた。

「お願いでございます」と、いちが言った。

「こいつらは木津川《きづがわ》でさらし者になっている桂屋太郎兵衛《かつらやたろべえ》の子どもでございます。親の命を助けてくれるようお願いするのだと言っています」と、門番がかたわらから説明した。

与力《よりき》は仲間をふり返って、「ではとにかく書きつけを預《あず》かっておいて、うかがってみることにしましょうかな」と言った。それにはだれも異議《いぎ》がなかった。

与力《よりき》は願書《ねがいしょ》をいちの手から受け取って、玄関《げんかん》に入った。

西町奉行《ぶぎょう》の佐々《さ さ》は、東町奉行《ぶぎょう》よりは新しい奉行《ぶぎょう》で、大坂に来てから、まだ一年たっていない。仕事はすべて同じ奉行《ぶぎょう》の稲垣《いながき》に相談して、城代《じょうだい》（大坂城の守護《しゅご》役）にうかがって処置《しょち》するのであった。それだけであるから、桂屋太郎兵衛《かつらやたろべえ》の裁判《さいばん》について、前奉行《ぶぎょう》の引き継《つ》ぎを受けてから、それを重要事件《じけん》として気にかけていて、ようやく処刑《しょけい》の手続きがすんだのを重荷をおろしたように思っていた。

そこへ今朝になって、宿直の与力《よりき》が来て、命を助けてくれと願いに出た者があると言ったので、佐々《さ さ》はまずせっかく運んできた事にじゃまが入ったように感じた。

「まいったのはどんな者か」佐々《さ さ》の声はふきげんであった。

「太郎兵衛《たろべえ》の娘《むすめ》二人とせがれとがまいりまして、年上の娘《むすめ》が願書《ねがいしょ》をさし上げたいと申しますので、これに預《あず》かっております。ごらんになりましょうか」

「それは幕府《ばくふ》が目安箱《めやすばこ》（投書箱）をお設《もう》けになっておることから、事情《じじょう》によっては受け取ってもよろしいが、一応《いちおう》はそれぞれ手続きのあることを申し聞かせなくてはなるまい。とにかく預《あず》かっておるなら、とりあえず見てみよう」

与力《よりき》は願書《ねがいしょ》を佐々《さ　さ》の前に出した。それをひらいて見て佐々《さ　さ》は疑《うた》がわしいような顔をした。「いちというのがその年上の娘《むすめ》であろうが、何歳《さい》になる」

「取り調べはいたしませんが、十四、十五歳《さい》ぐらいに見受けまする」

「そうか」佐々《さ　さ》はしばらく書きつけを見ていた。つたないかな文字で書いてはあるが、筋《すじ》がよく整っていて、おとなでもこれだけの短い文に、これだけの事がらを書くのは、簡単《かんたん》ではあるまいと思われるほどである。おとなが書かせたのではあるまいかという考えが、ふと起きた。続いて上《かみ》をだます不届《ふ　と》き者のやった事ではないかと考えをめぐらした。

それから一応《いちおう》の処置《しょち》を考えた。太郎兵衛《たろべえ》は明日の夕方までさらすことになっている。刑《けい》を行うまでには、まだ時がある。それまでに願書《ねがいしょ》を正式に受け取るとも、受け取らないとも、東町奉行《ぶぎょう》の稲垣《いながき》に相談し、城代《じょうだい》にうかがうこともできる。またたとえその間にうそいつわりがあるとしても、適当《てきとう》な手続きをさせるうちには、それがわかるだろう。とにかく子どもを帰そうと、佐々《ささ》は考えた。

そこで与力《よりき》にはこう言った。この願書《ねがいしょ》はとりあえず見たが、これは奉行《ぶぎょう》には出されないから、持って帰って町年寄《まちどしより》（町役人）に出せと言えと言った。

与力《よりき》は、門番が帰そうとしたが、どうしても帰らなかったということを、佐々《ささ》に言った。佐々《ささ》は、そんなら菓子《かし》でもやって、きげんをとって帰せ、それでもきかないなら引き立てて帰せと命じた。

与力《よりき》が座《ざ》を立ったあとへ、城代《じょうだい》の太田備中守資晴《おおたびっちゅうのかみすけはる》がたずねて来た。正式の見回りではなく、自分の用事があって来たのである。太田《おおた》の用事がすむと、佐々《ささ》はただいまこういう事があったと告《つ》げて自分の考えを述《の》べ、指図を願った。

太田《おおた》はべつに考えもないので、佐々《ささ》に同意して、昼過《ひるす》ぎに東町奉行稲垣《ぶぎょういながき》をも出席させて、町年寄《まちどしより》が桂屋太郎兵衛《かつらやたろべえ》の五人の子どもを引き連れて奉行所《ぶぎょうしょ》に出て来させるようにした。うそいつわりがあるかもしれないという、佐々《ささ》の心配ももっともだというので、白州《しらす》（法廷《ほうてい》、白い砂《すな》がしかれていた）へは罪人《ざいにん》を捕《と》らえるのに用いる突《つ》き棒《ぼう》などの責《せ》め道具を並《なら》べさせることにした。これは子どもをおどして真実を言わせようという手段《しゅだん》である。

ちょうどこの相談がすんだところへ、前の与力《よりき》が出て来て、入り口に控《ひか》えて佐々《さ さ》の様子を見た。

「どうじゃ、子どもは帰ったか」と、佐々《さ さ》が声をかけた。

「おっしゃるとおりでございます。お菓子《か し》をやって帰そうといたしましたが、いちと申す娘《むすめ》がどうしてもききませぬ。とうとう願書《ねがいしょ》をふところへ押《お》し込《こ》みまして、引き立てて帰しました。妹娘《いもうとむすめ》はしくしく泣きましたが、いちは泣かずに帰りました」

「よほど強情《ごうじょう》な娘《むすめ》と見えますな」と、太田《おおた》が佐々《さ さ》をふり返って言った。

十一月二十四日の未《ひつじ》の下刻《げこく》（午後三時ごろ）である。西町奉行所《ぶぎょうしょ》の白州《しらす》ははなや

かな光景であった。表座敷《おもてざしき》には東西の両奉行《ぶぎょう》が並《なら》んですわっている。奥《おく》まった所には別席を設《もう》けて、公式の出席ではないが、城代《じょうだい》が取り調べの模様《もよう》をそれとなく見に来ている。縁側《えんがわ》には取り調べを命ぜられた与力《よりき》が、書記役を従《したが》えてすわる。同心《どうしん》（与力《よりき》の下で、庶務《しょむ》・警察《けいさつ》を担当《たんとう》する下級役人）らが責《せ》め道具を突《つ》き立て、いかめしく警固《けいご》している庭に、拷問《ごうもん》に使うあらゆる道具が並《なら》べられた。そこへ桂屋《かつらや》太郎兵衛《たろべえ》の女房《にょうぼう》と五人の子どもとを連れて、町年寄《まちどしより》が来た。

取り調べは女房《にょうぼう》から始められた。しかし名を問われ、年を問われた時に、やっと返事をしたばかりで、そのほかの事を問われても、「いっこうにぞんじませぬ」「恐《おそ》れ入りました」と言うよりほか、何ひとつ申し立てない。

次に長女いちが調べられた。今年十六歳《さい》にしては、少し幼《おさな》く見える、やせた小娘《こむすめ》である。しかしこれは少しも気おくれする様子もなく、初めからすべての事を述《の》べた。祖母《そぼ》の話を物かげから聞いた事、夜になってふとんに入ってから、願い出ようと思いたった事、妹まつに打ち明けて誘《さそ》った事、自分で願書《ねがいしょ》を書いた事、長太郎《ちょうたろう》が目を覚ましたので同行を許《ゆる》し、奉行所《ぶぎょうしょ》の町名を聞いてから、案内をさせた事、奉行《ぶぎょう》所《しょ》に来て門番と応対《おうたい》し、次いでそこにいた与力《よりき》に願書《ねがいしょ》の取り次ぎを頼《たの》んだ事、与力《よりき》らに無理に帰された事、およそ前日から起きた事を問われるままに、はっきり答えた。

「それではまつのほかにはだれにも相談はいたさぬのじゃな」と、取調役がたずねた。

「だれにも申しません。長太郎《ちょうたろう》にもくわしい事は申しません。お父《と》っさんを助けていただくように、お願いしに行くと申しただけでございます。お役所から帰りまして、町年寄《まちどしより》にお目にかかりましたとき、わたくしども四人の命をさし上げて、父をお助けくださるように願うのだと申しましたら、長太郎《ちょうたろう》が、それでは自分も命をさし上げたいと申して、とうとうわたくしに自分だけのお願書《ねがいしょ》を書かせて、持ってまいりました」

いちがこう申し立てると、長太郎《ちょうたろう》がふところから書きつけを出した。

取調役の指図で、同心《どうしん》がひとり長太郎《ちょうたろう》の手から書きつけを受け取って、縁側《えんがわ》に出した。

取調役はそれをひらいて、いちの願書《ねがいしょ》と引き比《くら》べた。いちの願書《ねがいしょ》は町年寄《まちどしより》の手から、取り調べの始まる前に、出させてあったのである。

長太郎《ちょうたろう》の願書《ねがいしょ》には、自分も姉や弟妹といっしょに、父の身代わりになって死にたいと、いちの願書《ねがいしょ》と同じ筆使いで書いてあった。

取調役は「まつ」と呼《よ》びかけた。しかしまつは呼《よ》ばれたのに気がつかなかった。いちが「お呼《よ》びになったのだよ」と言ったとき、まつは初めておそるおそるうなだれていた頭を上げて、縁側《えんがわ》の上の役人を見た。

「おまえは姉といっしょに死にたいのだな」と、取調役が聞いた。

まつは「はい」と言ってうなずいた。

次に取調役は「長太郎《ちょうたろう》」と呼《よ》びかけた。

長太郎《ちょうたろう》はすぐに「はい」と言った。

「おまえは書きつけに書いてあるとおりに、兄弟いっしょに死にたいのじゃな」
「みんな死にますのに、わたしが一人生きていたくはありません」と、長太郎《ちょうたろう》はは
っきり答えた。
「とく」と取調役が呼《よ》んだ。とくは姉や兄が順番に呼《よ》ばれたので、今度は自分が呼《よ》
ばれたのだと気がついた。そしてただ目をみはって役人の顔をあおぎ見た。
「おまえも死んでもいいのか」
とくはだまって顔を見ているうちに、くちびるに血色がなくなって、目に涙《なみだ》がい
っぱいたまってきた。
「初五郎《はつごろう》」と取調役が呼《よ》んだ。
ようやく六歳《さい》になる末っ子の初五郎《はつごろう》は、これもだまって役人の顔を見たが、「お
まえはどうじゃ、死ぬのか」と問われて、活発に頭をふった。座敷《ざしき》にいた人びとは
思わず、それを見てほほえんだ。
このとき佐々《ささ》が座敷《ざしき》の敷居《しきい》ぎわまで進み出て、「いち」と呼《よ》んだ。

「はい」

「おまえの申し立てにはうそはあるまいな。もし少しでも申した事に間違《まちが》いがあって、人に教えられたり、相談をしたりしたのなら、いますぐ申せ。かくして申さぬと、そこに並《なら》べてある道具で、ほんとうの事を申すまで責《せ》めさせるぞ」佐々《さ さ》は責《せ》め道具のある方を指さした。

いちは指さされた方を一目見て、少しも迷《まよ》わずに、「いえ、申した事に間違《まちが》いはございません」と言い放った。その目は冷ややかで、そのことばは静かであった。

「そんならいまひとつおまえに聞くが、身代わりが聞き入れられると、おまえたちはすぐに殺《ころ》されるぞよ。父の顔を見ることはできぬが、それでもいいか」

「よろしゅうございます」と、同じような、冷ややかな調子で答えたが、少し間《ま》を置いて、何か心に浮《う》かんだらしく、「お上《かみ》の事には間違《まちが》いはございますまいから」と言い足した。

佐々《さ さ》の顔には、不意打ちにあったような、非常《ひじょう》に驚《おどろ》いたような表情《ひょうじょう》が見えたが、それはすぐに消えて、険《けわ》しくなった目が、いちの顔に注がれた。激《はげ》しくにくみきらうような驚《おどろ》きの目とでもいおうか。しかし佐々《さ さ》は何も言わなかった。

次いで佐々《さ さ》は何やら取調役にささやいたが、まもなく取調役が町年寄《まちどしより》に、「ご用がすんだから、引き取れ」と言いわたした。

白州《しらす》を出る子どもらを見送って佐々《さ さ》は太田《おおた》と稲垣《いながき》とに向いて、「将来《しょうらい》の恐《おそ》ろしいものでござりますな」と言った。心の中には、あわれな親孝行娘《おやこうこうむすめ》の印象《いんしょう》も残らず、人にそそのかされた、愚《おろ》かな子どもの印象《いんしょう》も残らず、ただ氷のように冷ややかに、刃《やいば》のように鋭《するど》い、いちの最後のことばの最後の一句《いっく》が反響《はんきょう》しているのである。

元文《げんぶん》のころの徳川家（幕府《ばくふ》）の役人は、もちろん自分を犠牲《ぎせい》にしてつくすという意味の「マルチリウム」（ラテン語、献身《けんしん》）という西洋のことばを知らない。また当時の辞書には「献身《けんしん》」という訳語《やくご》もなかったので、人間の精神《せいしん》に、老若男女《ろうにゃくなんにょ》の別なく、罪人太郎兵衛《ざいにんたろべえ》の娘《むすめ》に見られたような作用があることを、知らなかったのは無理もない。しかし献身《けんしん》のうちにひそむ反抗《はんこう》のほこ先は、いちとことばをまじえた佐々《さ さ》のみではなく、表座敷《おもてざしき》にいた役人一同の胸《むね》をも刺《さ》した。

城代《じょうだい》も両奉行《ぶぎょう》もいちを「変な小娘《こむすめ》だ」と感じて、その感じには物の怪《け》でもついているのではないかという迷信《めいしん》さえ加わったので、孝行娘《こうこうむすめ》に対する同情《どうじょう》はうすかった。だが当時の行政《ぎょうせい》司法の根幹《こんかん》が自然に動いて、いちの願いは思いがけずに実現《じつげん》した。桂屋太郎兵衛《かつらやたろべえ》の処刑《しょけい》は、「江戸《えど》へ相談中につき日延《ひの》べ」ということになった。これは取り調べのあった翌日《よくじつ》、十一月二十五日に町年寄《まちどしより》に通知された。

次いで元文《げんぶん》四年三月二日に、京都において大嘗会《だいじょうえ》という天皇《てんのう》家の重要な儀式《ぎしき》が行なわれて日程《にってい》が立たないとの理由で、「太郎兵衛《たろべえ》は死罪《しざい》を許《ゆる》され、大坂北組、南組、天満組に立ち入りを禁《きん》じられたうえ追放」ということになった。桂屋《かつらや》の家族は、再《ふた》び西町奉行所《ぶぎょうしょ》に呼《よ》び出されて、父に別れを告《つ》げることができた。

大嘗会《だいじょうえ》というのは、貞享《じょうきょう》四（一六八七）年に東山天皇《てんのう》の即位《そくい》（位につくこと）があってから、桂屋太郎兵衛《かつらやたろべえ》の高札《こうさつ》の立った元文《げんぶん》三年十一月二十三日の直前、同月十九日に、五十一年目に、桜町天皇《さくらまちてんのう》が行なわれるまで、途絶《とだ》えていたのである。

（了）

高瀬舟
たかせぶね

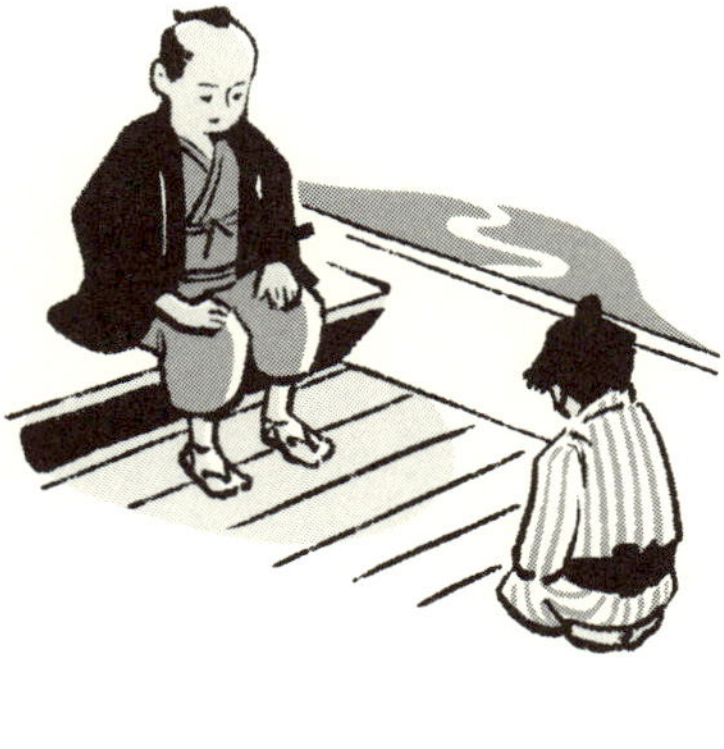

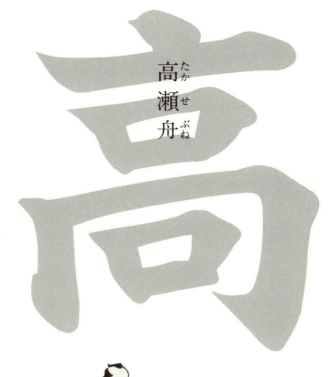

高瀬舟《たかせぶね》は京都の高瀬川《たかせがわ》を行き来する小舟《こぶね》である。江戸《えど》時代に京都の罪人《ざいにん》が島流しの刑《けい》、遠島《えんとう》を申しわたされると、本人の親類が牢屋敷《ろうやしき》へ呼《よ》び出されて、そこで別れのあいさつをすることを許《ゆる》された。それから罪人《ざいにん》は高瀬舟《たかせぶね》に乗せられて、大阪へ回されるのであった。それを護送《ごそう》するのは、京都町奉行《まちぶぎょう》（行政《ぎょうせい》、司法を担当《たんとう》する役《やく》職《しょく》）の配下にいる同心《どうしん》（庶務《しょむ》・警察《けいさつ》を務《つと》める下級役人）で、この同心《どうしん》は罪人《ざいにん》の親類の中で、主な一人を大阪までいっしょの舟《ふね》に乗せることを許《ゆる》す慣例《かんれい》であった。これは奉行《ぶぎょう》まで知ることではないが、いわば大目にみるのであった。知らぬふりをして許《ゆる》すのであった。

当時、遠島《えんとう》を申しわたされた罪人《ざいにん》は、もちろん重い罪《つみ》を犯《おか》したものと認《みと》められた人ではあるが、決して盗《ぬす》みをするために、人を殺《ころ》し火を放ったというような、凶悪《きょうあく》な人物が多数をしめていたわけではない。高瀬舟《たかせぶね》に乗る罪人《ざいにん》のほとんどは、いわゆる考えちがいのために、思わぬ罪《つみ》を犯《おか》した人であった。ありふれた例をあげてみれば、当時は相対死《あいたいし》と言った心中《しんじゅう》（恋愛《れんあい》中の男女がいっしょに死ぬこと）をはかって、相手の女を殺《ころ》して、自分だけ生き残った男というようなものである。

そういう罪人《ざいにん》を乗せて、日暮《ひぐ》れの鐘《かね》の鳴るころにこぎ出された高瀬舟《たかせぶね》は、黒ずんだ京都の町の家々を両岸に見つつ、東へ走って、加茂川《かもがわ》を横切って下るのであった。この舟《ふね》の中で、罪人《ざいにん》とその親類の者とは夜通し身の上を語り合う。いくらくやんでもどうにもならないぐちである。護送《ごそう》の役をする同心《どうしん》は、そばでそれを聞いて、罪人《ざいにん》を出した親類一族の悲しくみじめな身の上を細かに知ることができた。結局は町奉行所《まちぶぎょうしょ》の白州《しらす》（法廷《ほうてい》、白い砂《すな》がしかれていた）で、表向き罪人《ざいにん》の言い分を聞いたり、役所の机《つくえ》の上で、その調書を読んだりする役人の夢《ゆめ》にもうかがい知ることのできない生活である。

同心《どうしん》を勤《つと》める人にも、いろいろの性質《せいしつ》があるから、このときただうるさいと思って、耳をおおいたくなるまったく冷たい同心《どうしん》があるかと思えば、またしみじみと人のあわれが身につまされ、役がら表情《ひょうじょう》には見せないものの、無言のうちにひそかに胸《むね》を痛《いた》める同心《どうしん》もあった。場合によって非常《ひじょう》に悲しく痛《いた》ましい生活におちいった罪《ざい》人《にん》とその親類とを、とくに心弱い、涙《なみだ》もろい同心《どうしん》が高瀬舟《たかせぶね》を監督《かんとく》して行くことになると、その同心《どうしん》はつい無意識《むいしき》に涙《なみだ》が流れるのをこらえられないのであった。

そこで高瀬舟《たかせぶね》の護送《ごそう》は、町奉行所《まちぶぎょうしょ》の同心《どうしん》仲間で不快《ふかい》な職務《しょくむ》としてきらわれていた。

いつのころであったか。たぶん江戸《えど》で松平定信《まつだいらさだのぶ》が幕府《ばくふ》の政治《せいじ》を行っていた江戸《えど》時代中期、寛政《かんせい》のころでもあっただろう。知恩院《ちおんいん》の桜《さくら》が日暮《ひぐ》れの鐘《かね》に散る春の夕べに、これまで類のない、めずらしい罪人《ざいにん》が高瀬舟《たかせぶね》に乗せられた。

それは名を喜助《きすけ》といって、三十歳《さい》ばかりになる、定まった住所がない男である。もとより牢屋敷《ろうやしき》に呼《よ》び出されるような親類はないので、舟《ふね》にもただ一人で乗った。

護送《ごそう》を命じられて、いっしょに舟《ふね》に乗り込《こ》んだ同心《どうしん》の羽田庄兵衛《はねだしょうべえ》は、ただ喜助《きすけ》が弟殺《ごろ》しの罪人《ざいにん》だということだけを聞いていた。さて牢屋敷《ろうやしき》から舟《ふね》が出るさん橋まで連れてくる間、このやせた、色の青白い喜助《きすけ》の様子を見るに、いかにもすなおに、いかにもおとなしく、自分を奉行所《ぶぎょうしょ》の役人として敬《うやま》って、何事も逆《さか》らわないようにしている。しかもそれが、罪人《ざいにん》の間に時々見受けられるような、おとなしいようなふりをして役人にこびる態度《たいど》ではない。

庄兵衛《しょうべえ》は不思議に思った。そして舟《ふね》に乗ってからも、たんに役目だから見張《みは》っているばかりでなく、たえず喜助《きすけ》の動きに、細かい注意をしていた。

その日は夕方から風がやんで、空一面をおおったうすい雲が、月の輪郭《りんかく》をかすませ、ようやく近くなってくる夏の温かさが、両岸の土からも、川床《かわどこ》の土からも、もやになって立ち上るかと思われる夜であった。下京《しもぎょう》の町を離《はな》れて、加茂川《かもがわ》を横切ったころからは、あたりがひっそりとして、ただ舟《ふね》のへ先に裂《さ》かれる水のささやきを聞くのみである。

夜舟《よふね》で寝《ね》ることは、罪人《ざいにん》にも許《ゆる》されているのに、喜助《きすけ》は横になろうともせず、雲

の濃淡《のうたん》によって、光が明るくなったり暗くなったりする月をあおいで、黙《だま》ってい
る。その額《ひたい》は晴れやかで、目にはかすかな輝《かがや》きがある。
庄兵衛《しょうべえ》はまともには見ていないが、ずっと喜助《きすけ》の顔から目を離《はな》さずにいる。そし
て不思議だ、不思議だと、心の内でくり返している。それは喜助《きすけ》の顔が縦《たて》から見て
も、横から見ても、いかにも楽しそうで、もし役人への気がねがなかったなら、口
笛《ふ》を吹きはじめるとか、鼻歌を歌い出すとかしそうに思われたからである。
庄兵衛《しょうべえ》は心のうちに思った。これまでこの高瀬舟《たかせぶね》の監督《かんとく》をしたことはいく度だっ
たか知れない。しかし乗せていく罪人《ざいにん》は、いつもほとんど同じように、目も当てら
れない気の毒《どく》な様子をしていた。それなのにこの男はどうしたのだろう。川遊びの
舟《ふね》にでも乗ったような顔をしている。罪《つみ》は弟を殺《ころ》したのだそうだが、たとえその弟
が悪いやつで、それをどんな行きがかりになって殺《ころ》したにせよ、人の情《じょう》としていい
気持ちはしないはずである。この色の青いやせた男が、その人の情《じょう》というものがま
ったく欠けているほどの、世にもまれな悪人であろうか。どうもそうは思われな

い。ひょっとすると気でもくるっているのではあるまいか。いやいや。それにしては何ひとつつじつまの合わないことばや動きがない。この男はどうしたのだろう。庄兵衛《しょうべえ》にとっては喜助《きすけ》の態度《たいど》が考えれば考えるほどわからなくなるのである。

しばらくして、庄兵衛《しょうべえ》はこらえ切れなくなって呼《よ》びかけた。「喜助《きすけ》。おまえは何を思っているのか」

「はい」と言ってあたりを見回した喜助《きすけ》は、何事かお役人に見とがめられたのではないかと気づかうように、姿勢《しせい》を正して庄兵衛《しょうべえ》の表情《ひょうじょう》を見た。

庄兵衛《しょうべえ》は自分が突然質問《とつぜんしつもん》した動機を明らかにして、役目を離《はな》れて問いかけた言いわけをしなければならないように感じた。そこでこう言った。「いや。べつにわけがあって聞いたのではない。じつはな、おれはさっきからおまえの島へゆく心持ちが聞いてみたかったのだ。おれはこれまでこの舟《ふね》でおおぜいの人を島へ送った。それはずいぶんいろいろな身の上の人だったが、どれもこれも島へゆくのを悲しがって、見送りに来て、いっしょに舟《ふね》に乗る親類の者と、夜通し泣くに決まっていた。それなのにおまえの様子を見れば、どうも島へゆくのを苦にしてはいないようだ。いったいおまえはどう思っているのだい」

喜助《きすけ》はにっこり笑った。「ご親切におっしゃってくだすって、ありがとうございます。なるほど島へゆくということは、ほかの人には悲しい事でございましょう。その心持ちはわたくしにも思いやってみることができます。しかしそれは世間で楽をしていた人だからでございます。京都はけっこうな土地ではございますが、そのけっこうな土地で、これまでわたくしのいたしてまいったような苦しみは、どこへまいってもなかろうとぞんじます。お奉行《ぶぎょう》様のお慈悲《じひ》で、命を助けて島へやってくださいます。

島はたとえつらい所でも、鬼《おに》のすむ所ではございますまい。わたくしはこれまで、どことい って自分のいていい所というものがございませんでした。今度お奉行《ぶぎょう》様で島にいろとおっしゃってくださいます。そのいろとおっしゃる所に落ち着いていることができますのが、まず何よりもありがたい事でございます。それにわたくしはこんなにか弱い体ではございますが、ついぞ病気をいたした事はございませんから、島へ行ってから、どんなつらい仕事をしたって、体を痛《いた》めるようなことはあるまいとぞんじます。それから今度島へおやりくださるにつきまして、二百文《もん》（文は通貨の単位、米約四・五キログラムに相当）の銅銭《どうせん》をいただきました。それをここに持っております」

こう言いかけて、喜助《きすけ》は胸《むね》に手を当てた。遠島《えんとう》を言いわたされる者には、銅銭《どうせん》二百文《もん》を与《あた》えるというのは、当時の掟《おきて》であった。

喜助《きすけ》はことばを続けた。「おはずかしい事を申し上げなくてはなりませんが、わたくしは今日まで二百文《もん》というお金を、こうしてふところに入れて持っていたことはございませせぬ。どこかで仕事につきたいと思って、仕事を求めて歩きまして、それが見つかりしだい、骨《ほね》おしみをせずに働きました。そしてもらった銭《ぜに》は、いつも右から左へ人手にわたさなければなりませなんだ。それも現金《げんきん》で物が買って食べられるときは、わたくしのふところぐあいのいいときで、たいていは借りたものを返して、またあとを借りたのでございます。

それがお牢《ろう》に入ってからは、仕事をせずに食べさせていただきます。わたくしはそればかりでも、お奉行様《ぶぎょうさま》に対してすまない事をいたしているようでなりませぬ。それにお牢《ろう》を出る時に、この二百文《もん》をいただきましたのでございます。こうして相変わらずお奉行様《ぶぎょうさま》からいただいた物を食べていますと、この二百文《もん》はわたくしが使わずに持っていることができます。お金を自分の物にして持っているということは、わたくしにとっては、これが初めてでございます。島へ行ってみますまでは、どんな仕事ができるかわかりませんが、わたくしはこの二百文《もん》を島でする仕事の元手にしようと楽しんでおります」こう言って、喜助《きすけ》は口をつぐんだ。

庄兵衛《しょうべえ》は「うん、そうかい」とは言ったが、聞く事ごとにあまり意外だったので、しばらく何も言うことができずに、考え込《こ》んでだまっていた。

庄兵衛《しょうべえ》はそろそろ四十歳《さい》近くになっていて、もう女房《にょうぼう》に子ども四人がいる。それに老母が生きているので、家は七人暮《ぐ》らしである。いつも人にはけちと言われるほどの倹約《けんやく》な生活をしていて、衣類は自分が役目に着るもののほか、寝巻《ねまき》しかこしらえぬくらいにしている。しかし不幸なことには、妻《つま》を裕福《ゆうふく》な商人の家から迎《むか》えた。そこで女房《にょうぼう》は夫のもらう給料の米だけで暮《く》らしてゆこうとする気持ちはあるのだが、豊《ゆた》かな家でかわいがられて育ったくせがあるので、夫が満足するほど節約して暮《く》らしてゆくことができない。ややもすれば月末になって勘定《かんじょう》が足りなくなる。すると女房《にょうぼう》がないしょで実家から金を持ってきて計算を合わせる。それは夫が借金というものを毛虫のようにきらうからである。

そういうことは結局は夫に知られずにはいかない。庄兵衛《しょうべえ》は端午《たんご》（五月五日）や七夕《たなばた》（七月七日）など節句《せっく》だといっては、実家から物をもらい、子どもの七五三の祝いだといっては、実家から子どもに衣類をもらうのでさえ、心苦しく思っているのだから、暮《く》らしの不足分の穴《あな》をうめてもらったのに気がついては、いい顔はしない。とくに平和を乱《みだ》すようなことのない羽田《はねだ》の家に、ときおり波風の起きるのは、これが原因《げんいん》である。

庄兵衛《しょうべえ》はいま喜助《きすけ》の話を聞いて、喜助《きすけ》の身の上をわが身の上とくらべてみた。喜《き》助《すけ》は仕事をして給料を取っても、右から左へ人手にわたしてなくなってしまうと言った。いかにもあわれな、気の毒《どく》な生活である。しかしふりかえってわが身の上をかえりみれば、彼《かれ》と自分との間に、はたしてどれほどの差があるか。自分も奉行所《ぶぎょうしょ》からもらう給料の米を、右から左へ人手にわたして暮《く》らしているに過《す》ぎぬではないか。彼《かれ》と自分との違《ちが》いは、いわば金額《きんがく》のけたがちがっているだけで、喜助《きすけ》のありがたがる二百文《もん》に相当する貯蓄《ちょちく》さえ、こっちはないのである。

さて、けたを変えて考えてみれば、わずか二百文《もん》でも、喜助《きすけ》がそれを貯蓄《ちょちく》とみて喜《よろこ》んでいるのに無理はない。その心持ちはこっちから理解《りかい》することができる。しかしいかにけたを変えて考えてみても、不思議なのは喜助《きすけ》の欲《よく》のないこと、「足るを知る」すなわち満足することを知っていることである。

喜助《きすけ》は世間で仕事を見つけるのに苦しんだ。それを見つけさえすれば、骨《ほね》おしみせずに働いて、ようやく食べることのできるだけで満足した。そこで牢《ろう》に入ってからは、いままで手に入れるのが難《むずか》しかった食事が、ほとんど天から授《さず》けられるように、働かずに手に入るのに驚《おどろ》いて、生まれてから知らない満足を覚えたのである。

庄兵衛《しょうべえ》はいかに金額《きんがく》のけたを変えて考えてみても、ここに彼《かれ》と自分との間に、大きなへだたりがあることを知った。自分の給料米で立てる暮《く》らしは、ときおり足らぬことがあるにしても、たいていは計算が合っている。ぎりぎりの生活である。それなのにそこに満足を覚えたことはほとんどない。日ごろは幸いとも不幸とも感じないで過《す》ごしている。しかし心の奥底《おくそこ》には、こうして暮《く》らしていて、ふいと役職《やくしょく》をやめさせられたらどうしよう、大病にでもなったらどうしようという疑《うたが》い恐《おそ》れる気持ちがひそんでいて、時おり妻《つま》が実家から金を持ってきて穴《あな》うめをしたことなどがわかると、この気持ちが頭をもたげてくるのである。

いったいこのへだたりはどうして生じてくるのだろう。ただ上べだけをみて、それは喜助《きすけ》には世話しなければならない家族がいないのに、こっちにはあるからだと言ってしまえばそれまでである。しかしそれはうそである。たとえ自分がひとり者であったとしても、どうも喜助《きすけ》のような心持ちにはなられそうにない。この根底はもっと深いところにあるようだと、庄兵衛《しょうべえ》は思った。

庄兵衛《しょうべえ》はただぼんやりと、人の一生というようなことを思ってみた。人は身に病があると、この病がなかったらと思う。その日その日の食べ物がないと、食ってゆかれたらと思う。万一の時に備《そな》えるたくわえがないと、少しでもたくわえがあったらと思う。たくわえがあっても、またそのたくわえがもっと多かったらと思う。このように先から先へと考えてみれば、人はどこまで行ってふみ止《とど》まることができるものやらわからない。それをいま目の前でふみ止《とど》まって見せてくれるのがこの喜助《きすけ》だと、庄兵衛《しょうべえ》は気がついた。

庄兵衛《しょうべえ》はいまさらのように驚《おどろ》きの目をみはって喜助《きすけ》を見た。このとき庄兵衛《しょうべえ》は空をあおいでいる喜助《きすけ》の頭から仏様《ほとけさま》の放つような光がさすように思った。

庄兵衛《しょうべえ》は喜助《きすけ》の顔を見守りながらまた、「喜助《きすけ》さん」と呼《よ》びかけた。今度は「さん」と言ったが、これは十分に意識《いしき》して呼《よ》び方をあらためたわけではない。その声が自分の口から出て自分の耳に入ると、すぐに庄兵衛《しょうべえ》はこの呼《よ》び方がうまくないのに気がついたが、いまさらすでに出たことばをもどすこともできなかった。

「はい」と答えた喜助《きすけ》も、「さん」と呼《よ》ばれたのを変に思うらしく、おそるおそる庄兵衛《しょうべえ》の表情《ひょうじょう》を見た。

庄兵衛《しょうべえ》は少し間《ま》の悪いのをこらえて言った。「いろいろの事を聞くようだが、おまえが今度島へやられるのは、人を殺《ころ》したからだということだ。おれについでにそのわけを話して聞かせてくれぬか」

喜助《きすけ》はひどく恐《おそ》れ入ったという様子で、「かしこまりました」と言って、小声で話し出した。

「どうもとんだ考えちがいで、恐《おそ》ろしい事をいたしまして、なんとも申し上げようがございませぬ。あとで思ってみますと、どうしてあんな事ができたのかと、自分ながら不思議でなりませぬ。まったく夢中《むちゅう》でいたしましたのでございます。

わたくしは小さい時に両親が流行病《はやりやまい》で亡《な》くなりまして、弟と二人あとに残りました。初めはちょうど軒下《のきした》に生まれた犬の子をかわいそうに思うように町内の人たちがお恵《めぐ》みをくださいますので、近所中の走り使いなどをいたして、食べ物がなく飢《う》えることも寒くて凍《こご》えることもせずに、育ちました。次第に大きくなりまして職《しょく》をさがしますにも、なるたけ二人が離《はな》れないようにいたして、いっしょにいて、助け合って働きました。

去年の秋のことでございます。わたくしは弟といっしょに、西陣織《にしじんおり》の織場《おりば》に入りまして、織《お》り手見習いのような空引《そらび》きということをいたすことになりました。そのうち弟が病気で働けなくなったのでございます。そのころわたくしどもは北山の掘《ほ》っ立て小屋のような所に寝起《ねお》きをいたして、紙屋川《かみやがわ》の橋をわたって織場《おりば》へ通っておりましたが、日が暮《く》れてからわたくしが、食べ物などを買って帰ると、弟は待っていて、わたくしを一人でかせがせてはすまない、すまないと申しておりました。ある日いつものように何気なく帰ってみますと、弟は布団《ふとん》の上に突《つ》っ伏《ぷ》していまして、回《まわ》りは血だらけなのでございます。わたくしはびっくりいたして、手に持っていた竹の皮の包みや何かを、そこへおっぽり出して、そばへいって『どうした、どうした』と申しました。すると弟はまっ青な顔の、両方のほおからあごへかけて血に染《そ》まったのを上げて、わたくしを見ましたが、ものを言うことができませぬ。息をいたすたびに、傷口《きずぐち》でひゅうひゅうという音がいたすだけでございます。

わたくしにはどうも様子がわかりませんので、『どうしたのだい、血をはいたのかい』と言って、そばへ寄《よ》ろうといたすと、弟は右の手を床《とこ》について、少し体を起こしました。左の手はしっかりあごの下の所を押《お》さえていますが、その指の間から黒い血のかたまりがはみ出しています。弟は目でわたくしのそばへ寄《よ》るのを止めるようにして口をききました。ようやくものが言えるようになったのでございます。

『すまない。どうぞかんにんしてくれ。どうせ治りそうにもない病気だから、早く死んで少しでも兄きに楽がさせたいと思ったのだ。かみそりでのどぶえを切ったら、すぐに死ねるだろうと思ったが息がそこからもれるだけで死ねない。深く深くと思って、力いっぱい押《お》し込《こ》むと、横へすべってしまった。刃《は》はこぼれはしなかったようだ。これをうまく抜《ぬ》いてくれたらおれは死ねるだろうと思っている。ものを言うのがせつなくっていけない。どうぞ手をかして抜《ぬ》いてくれ』と言うのでございます。

弟が左の手をゆるめるとそこからまた息がもれます。わたくしはなんと言おうにも、声が出ませんので、黙《だま》って弟ののどの傷《きず》をのぞいて見ますと、なんでも右の手にかみそりを持って、横にのどぶえを切ったが、それでは死にきれなかったので、そのままかみそりを、えぐるように深く突《つ》っ込《こ》んだものとみえます。かみそりのえがやっと少しばかり傷口《きずぐち》から出ています。わたくしはそれだけのことを見て、どうしようという考えもつかずに、弟の顔を見ました。弟はじっとわたくしを見つめています。

わたくしはやっとのことで、『待っていてくれ、お医者を呼《よ》んでくるから』と申しました。弟はうらめしそうな目つきをいたしましたが、また左の手でのどをしっかり押《お》さえて、『医者がなんになる、ああ苦しい、早く抜《ぬ》いてくれ、頼《たの》む』と言うのでございます。わたくしはどうしていいかわからないような気持ちになって、ただ弟の顔ばかりを見ております。

こんなときは、不思議なもので、目がものを言います。弟の目は『早くしろ、早くしろ』と言って、さもうらめしそうにわたくしを見ています。わたくしの頭の中では、なんだかこう車の輪のようなものがぐるぐる回っているようでございましたが、弟の目は恐《おそ》ろしいさいそくをやめません。それにその目のうらめしそうなのがだんだん険《けわ》しくなってきて、とうとう敵《かたき》の顔をでもにらむような、ひどくにくらしい目になってしまいます。それを見ていて、わたくしはとうとう、これは弟の言ったとおりにしてやらなくてはならないと思いました。

わたくしは『しかたがない、抜《ぬ》いてやるぞ』と申しました。すると弟の目の色ががらりと変わって、晴れやかに、さもうれしそうになりました。わたくしはなんでもひと思いにしなくてはと思ってひざをつくようにして体を前へ乗り出しました。弟はついていた右の手をはなして、いままでのどを押《お》さえていた手のひじを床《とこ》について、横になりました。わたくしはかみそりのえをしっかり握《にぎ》って、ずっと引きました。

この時わたくしの閉《し》めておいた表口の戸を開けて、近所の婆《ばあ》さんが入って来ました。るすの間、弟に薬を飲ませたり何かしてくれるように、わたくしの頼《たの》んでおいた婆《ばあ》さんなのでございます。もうだいぶ家のなかが暗くなっていましたから、わたくしには婆《ばあ》さんがどれだけの事を見たのだかわかりませんでしたが、婆《ばあ》さんはあっと言ったきり、表口を開け放しにしてかけ出してしまいました。

わたくしはかみそりを抜《ぬ》く時、手早く抜《ぬ》こう、まっすぐに抜《ぬ》こうというだけの用心はいたしましたが、どうも抜《ぬ》いたときの手ごたえは、いままで切れていなかった所を切ったように思われました。かみそりの刃《は》が外の方へ向いていましたから、外の方が切れたのでございましょう。わたくしはかみそりを握《にぎ》ったまま、婆《ばあ》さんの入って来てまたかけ出して行ったのを、ぼんやりして見ておりました。婆《ばあ》さんが行ってしまってから、気がついて弟を見ますと、弟はもう息が切れておりました。傷口《きずぐち》からはたいそうな血が出ておりました。それから村役人ら年寄衆《としよりしゅう》がおいでになって、役場へ連れてゆかれますまで、わたくしはかみそりをそばに置いて、目を半分開いたまま死んでいる弟の顔を見つめていたのでございます」

少しうつ向きかげんになって庄兵衛《しょうべえ》の顔を下から見上げて話していた喜助《きすけ》は、こう言ってしまって視線《しせん》をひざの上に落とした。

喜助《きすけ》の話は筋道《すじみち》がよく通っている。ほとんど筋道《すじみち》が通り過《す》ぎていると言ってもいいくらいである。これは半年ほどの間、当時の事を何度も思い浮《う》かべてみたのと、役場で問われ、町奉行所《まちぶぎょうしょ》で調べられるそのたびごとに、注意に注意を重ねてくり返させられたのとのためである。

庄兵衛《しょうべえ》はその場の様子を目《ま》のあたりに見るような思いをして聞いていたが、これがはたして弟殺《ごろ》しというものだろうか、人殺《ひとごろ》しというものだろうかという疑《うたが》いが、話を半分聞いたときから起こってきて、聞いてしまっても、その疑《うたが》いを解《と》くことができなかった。

弟はかみそりを抜《ぬ》いてくれたら死なれるだろうから、抜《ぬ》いてくれと言った。それを抜《ぬ》いてやって死なせたのだ、殺《ころ》したのだとは言われる。しかしそのままにしておいても、どうせ死なななくてはならぬ弟であったらしい。それが早く死にたいと言ったのは、苦しさにたえなかったからである。喜助《きすけ》はその苦しみを見ているにしのびなかった。苦しみから救《すく》ってやろうと思って弟の命を絶《た》った。それが罪《つみ》であろうか。殺《ころ》したのは罪《つみ》にちがいない。しかしそれが苦しみから救《すく》うためであったと思うと、そこに疑《うたが》いが生じて、どうしても解《と》けぬのである。

庄兵衛《しょうべえ》の心の中には、いろいろ考えてみた末に、自分より上の者の判断《はんだん》に任《まか》すほかないという考え、オオトリテエ（フランス語、権威《けんい》）にしたがうほかないという考えが生じた。庄兵衛《しょうべえ》はお奉行様《ぶぎょうさま》の判断《はんだん》を、そのまま自分の判断《はんだん》にしようと思ったのである。そうは思っても、庄兵衛《しょうべえ》はまだどこやらに納得《なっとく》できぬものが残っているので、なんだかお奉行様《ぶぎょうさま》に聞いてみたくてならなかった。

次第にふけてゆくおぼろ夜に、沈黙《ちんもく》の人二人を乗せた高瀬舟《たかせぶね》は、黒い水の面《おもて》をすべっていった。

（了）

高瀬舟縁起《たかせぶねえんぎ》

京都の高瀬川《たかせがわ》は、五条《ごじょう》から南は天正《てんしょう》十五（一五八七）年に、二条《じょう》から五条《ごじょう》までは慶長《けいちょう》十七（一六一二）年に、角倉了以《すみのくらりょうい》（京都の豪商《ごうしょう》）が掘《ほ》ったものだそうである。そこを通う舟《ふね》は綱《つな》をかけて岸からひく「ひき舟《ふね》」である。元来「たかせ」は舟《ふね》の名で、その舟《ふね》の通う川を高瀬川《たかせがわ》と言うのだから、同名の川は全国にある。しかし舟《ふね》はひき舟《ふね》には限《かぎ》らぬので、『和名抄《わみょうしょう》』（平安時代の漢和辞書）には『釈名《しゃくみょう》』（古代中国の辞書）に「艇小《ていしょう》にして深きものを艇《きょう》という」とある「艇《きょう》」の字を「たかせ」に当ててある。竹柏園《ちくはくえん》文庫の事典『和漢船用集』を借りて見ると、「おもて（前部）高く、とも（後部）、よこ（側面）ともにて、低く平らなるものなり」とある。そして図にはさおを使う舟《ふね》が描《えが》いてある。

江戸《えど》時代には京都の罪人《ざいにん》が遠島《えんとう》を言いわたされると、高瀬舟《たかせぶね》で大阪へ回されたそうである。それを護送《ごそう》してゆく京都町奉行所《まちぶぎょうしょ》の同心《どうしん》が悲しい話ばかり聞かされる。あるときこの舟《ふね》に乗せられた兄弟殺《ごろ》しの罪《つみ》を犯《おか》した男が、少しも悲しがっていなかった。それをくわしく聞くと、これまで食事を得《え》るのに困《こま》っていたのに、遠島《えんとう》を言いわたされたとき、銅銭《どうせん》二百文《もん》をもらったが、銭《ぜに》を使わずに持っているのは初めてだと答えた。また人殺《ひとごろ》しの罪《つみ》はどうして犯《おか》したかと問えば、兄弟は西陣《にしじん》に雇《やと》われて、空引《そらび》きということをしていたが、給料が少なくて暮《く》らしていくのがむずかしかった。そのうち弟が自殺《じさつ》をはかったが、死にきれなかった。そこで弟がいずれにせよ助からないから殺《ころ》してくれと頼《たの》むので殺《ころ》してやったと言った。

この話は江戸《えど》時代の随筆集《ずいひつしゅう》『翁草《おきなぐさ》』に出ている。池辺義象《いけべよしかた》(国文学者)さんが整理した活字本では一ページ余《あまり》に書いてある。私《わたし》はこれを読んで、その中に二つの大きい問題が含《ふく》まれていると思った。

ひとつは財産《ざいさん》というものの考え方である。銭《ぜに》を持ったことのない人の銭《ぜに》を持った喜びは、銭の多少には関係ない。人の欲には限りがないから、銭をいくら持ってみると、いくらあればよいという限界《げんかい》は見い出されないのである。二百文《もん》を財産《ざいさん》として喜《よろこ》んだのがおもしろい。

いまひとつは死にかかっていて死なれずに苦しんでいる人を、死なせてやるという事である。人を死なせてやれば、すなわち殺《ころ》すということになる。どんな場合にも人を殺《ころ》してはならない。『翁草《おきなぐさ》』にも、教育のない民だから、悪意がないのに人《ひと》殺《ごろ》しになったというような、批評《ひひょう》のことばがあったように記憶《きおく》する。しかしこれはそう簡単《かんたん》に割《わ》り切って一律《いちりつ》に決められる問題ではない。

ここに病人があっていまにも死にそうになって苦しんでいる。それを救《すく》う手段《しゅだん》はまったくない。そばからその苦しむのを見ている人はどう思うであろうか。たとえ教育のある人でも、どうせ死ななくてはならないものなら、あの苦しみを長くさせておかずに、早く死なせてやりたいという情《じょう》は必ず起こる。ここに麻酔薬《ますいやく》を与《あた》えてよいか悪いかという疑《うたが》いが生ずるのである。その薬は死にいたる量でないにしても、薬を与《あた》えれば、多少死ぬ時期を早くするかもしれない。それだからやらずにおいて苦しませていなくてはならない。これまでの道徳は苦しませておけと命じている。

しかし医学社会には、これに反対する議論《ぎろん》がある。すなわち死にかかっていて苦しむ者があったら、楽に死なせて、その苦しみを救《すく》ってやるのがいいというのである。これをユウタナジイ（フランス語、安楽死）という。楽に死なせるという意味である。高瀬舟《たかせぶね》の罪人《ざいにん》は、ちょうどそれと同じ場合にいたように思われる。私《わたし》にはそれがひどくおもしろい。

こう思って私《わたし》は『高瀬舟《たかせぶね》』という話を書いた。『中央公論《こうろん》』で公にしたのがそれである。

（了）

寒《かん》山《ざん》拾《じっ》得《とく》

中国唐《とう》の貞観《じょうがん》のころだというから、西洋は七世紀《せいき》の初め、日本は年号というもののやっとできかかった時である。閭丘胤《りょきゅういん》という役人がいたそうである。もっともそんな人はいなかったらしいと言う人もある。なぜかというと、閭《りょ》は台州《たいしゅう》（現在《げんざい》の浙《せっ》江省東部）の主簿《しゅぼ》（公文書を管理する役人の長官）になっていたと言い伝えられているのに、新旧《しんきゅう》の唐書《とうじょ》（歴史書《れきししょ》）に記録が見えない。主簿《しゅぼ》といえば、刺史《しし》（州の行《ぎょう》政《せい》長官）とか太守《たいしゅ》（郡の行政《ぎょうせい》長官）とかいうのと同じ役職《やくしょく》である。中国全土が道《どう》に分かれ、道が州または郡に分かれ、それが県に分かれ、県の下に郷《ごう》があり郷《ごう》の下に里《り》がある。州には刺史《しし》と言い、郡には太守《たいしゅ》と言う。いったい日本で県より小さいものに郡の名をつけているのはよろしくないと、吉田東伍《よしだとうご》（歴史地理《れきしちり》学者）さんなんぞは不服をとなえている。閭《りょ》がはたして台州《たいしゅう》の主簿《しゅぼ》であったとすると日本の府県知事くらいの役人である。そうしてみると、唐書《とうじょ》の列伝《れつでん》（人物の伝記など）に出ているはずだというのである。しかし閭《りょ》がいなくては話が成り立たぬから、ともかくもいたことにしておくのである。

さて閭《りょ》が台州《たいしゅう》に着任《ちゃくにん》してから三日目になった。都の長安で中国北部の土ほこりをかぶって、濁《にご》った水を飲んでいた男が、台州《たいしゅう》に来て中央の肥《こ》えた土を踏《ふ》み、澄《す》んだ水を飲むことになったので、上きげんである。それにこの三日の間に、おおぜいの部下の役人が来てあいさつをする。部下の役人たちは、受け持ちのそれぞれの事務《じむ》を形式的に報告《ほうこく》する。そのあわただしい中に、地方長官の威勢《いせい》の大きいことを味わって、得意《とくい》になり誇《ほこ》りに思っているのである。

閭《りょ》は前日に部下の者に言っておいて、今朝は早く起きて、天台県《てんだい》（浙江省《せっこう》東部の県）の天台山《てんだいさん》にある国清寺《こくせいじ》（天台宗総本山《てんだいしゅうそうほんざん》）をめざして出かけることにした。これは長安にいた時から、台州《たいしゅう》に着いたらさっそくゆこうと決めていたのである。

なんの用事があって国清寺《こくせいじ》へゆくかというと、それにはわけがある。閭《りょ》が長安で主簿《しゅぼ》の任命《にんめい》を受けて、これから任地《にんち》へ旅立とうとしたとき、あいにくこらえられぬほどの頭痛《ずつう》が起こった。単純《たんじゅん》なリウマチ性《せい》の頭痛《ずつう》ではあったが、閭《りょ》はいつも少し神経質《しんけいしつ》であったので、かかりつけの医者の薬を飲んでもなかなかなおらない。これでは旅立ちの日を延《の》ばさなくてはなるまいかと言って、女房《にょうぼう》と相談していると、そこへ少女が来て、「ただいまご門の前へ乞食坊主《こじきぼうず》がまいりまして、ご主人にお目にかかりたいと申しますがいかがいたしましょう」と言った。

「ふん、坊主《ぼうず》か」と言って閭《りょ》はしばらく考えたが、「とにかく会ってみるから、ここへ通せ」と言いつけた。そして女房《にょうぼう》を奥《おく》へ引っ込《こ》ませた。

もともと閭《りょ》は科挙《かきょ》（高級役人の資格試験《しかくしけん》）に応募《おうぼ》するために、儒教《じゅきょう》の経典《きょうてん》を読んで、五言《ごごん》（一句《いっく》が五言《ごごん》）の詩を作ることを習ったばかりで、仏教書《ぶっきょうしょ》を読んだこともなく、老子《ろうし》（中国古代の思想家）を研究したこともない。しかし僧侶《そうりょ》や道士《どうし》（道教の修行者《しゅぎょうしゃ》）というものに対しては、なぜということもなく尊敬《そんけい》の念を持っている。よく理解《りかい》し自分のものとすることのできぬものに対する、盲目《もうもく》の尊敬《そんけい》とでもいおうか。そこで坊主《ぼうず》と聞いて会おうと言ったのである。

まもなく入って来たのは、ひとりの背《せ》の高い僧《そう》であった。あかで汚《よご》れ破《やぶ》れた僧衣《そうい》を着て、長く伸《の》びた髪《かみ》を、眉《まゆ》の上で切っている。目にかぶさってうるさくなるまで打ちやっておいたものとみえる。手には鉄の鉢《はち》を持っている。

僧《そう》はだまって立っているので閭《りょ》が問うてみた。「わたしに会いたいと言われたそうだが、なんのご用かな」

僧《そう》は言った。「あなたは台州《たいしゅう》へおいでなさることにおなりなすったそうでございますね。それに頭痛《ずつう》に悩《なや》んでおいでなさると申すことでございます。わたくしはそれを治してさし上げようと思ってまいりました」

「いかにも言われるとおりで、その頭痛《ずつう》のために出発の日を延《の》ばそうかと思っていますが、どうして治してくれられるつもりか。何か薬の処方《しょほう》でもご存《ぞん》じか」

「いや。四つの要素《ようそ》（地・水・火・風）からなる身を悩《なや》ます病は幻《まぼろし》でございます。ただ清浄《せいじょう》な水がこの鉄鉢《てっぱつ》に一杯《ぱい》あればよろしい。まじないでなおしてさし上げます」

「はあまじないをなさるのか」こう言って少し考えたが

「さしつかえないだろう、ひとつまじなってください」と言った。これは医学の事などは日ごろから深く考えておらぬので、どういう治療《ちりょう》ならさせる、どういう治療《ちりょう》ならさせぬというはっきりした意見がないから、ただ自分の理解力《りかいりょく》にたよって、その時々に判断《はんだん》するのであった。もちろんそういう人だから、かかりつけの医者というのもよく人を選んだわけではなかった。古代の医学書でも読むような医者をさがして決めていたのではなく、近所に住んでいて呼《よ》ぶのに面倒《めんどう》のない医者にかかっていたのだから、ろくな薬は飲ませてもらうことができなかったのである。いま乞食坊主《こじきぼうず》に頼《たの》む気になったのは、なんとなくえらそうに見える坊主《ぼうず》の態度《たいど》を信用することにしたのと、水一杯《いっぱい》でするまじないならまちがったところで危険《きけん》な事もあるまいと思ったのとのためである。ちょうど東京で高級役人連中が紅花《べにばな》の民間療法《りょうほう》や気合術《きあいじゅつ》にたよるのと同じ事である。

閭《りょ》は少女を呼《よ》んで、くみたての水を鉢《はち》に入れて来いと命じた。水が来た。僧《そう》はそれを受け取って、胸《むね》にささげて、じっと閭《りょ》を見つめた。清浄《せいじょう》な水でもよければ、不《ふ》潔《けつ》な水でもいい、湯でも茶でもいいのである。不潔《ふけつ》な水でなかったのは、閭《りょ》のためにはもっけの幸いであった。しばらく見つめているうちに、閭《りょ》は覚えず精神《せいしん》を僧《そう》のささげている水に集中した。

この時、僧《そう》は鉄鉢《てっぱつ》の水を口にふくんで、突然《とつぜん》ふっと閭《りょ》の頭に吹《ふ》きかけた。

閭《りょ》はびっくりして、背中《せなか》に冷《ひ》や汗《あせ》が出た。

「お頭痛《ずつう》は」と僧《そう》が問うた。

「あ。治りました」実際《じっさい》、閭《りょ》はこれまで頭痛《ずつう》がする、頭痛《ずつう》がすると気にしていて、どうしても治せないでいた頭痛《ずつう》を、坊主《ぼうず》の水に気を取られて、取り逃《に》がしてしまったのである。

僧《そう》は静かに鉢《はち》に残った水を床《ゆか》に傾《かたむ》けた。そして「そんならこれでおいとまをいたします」と言うやいなや、くるりと閭《りょ》に背中《せなか》を向けて、戸口の方へ歩き出した。

「まあ、ちょっと」と閭《りょ》が呼《よ》び止めた。

僧《そう》はふり返った。「何かご用で」

「心ばかりのお礼がいたしたいのですが」

「いや。わたくしはすべての生きものに幸福と利益《りえき》をあたえ、おごりたかぶりを打ち破《やぶ》るために、乞食《こつじき》はしますが、治療《ちりょう》代はいただきませぬ」

「なるほど。それではしいては申しますまい。あなたはどちらのお方か、それをうかがっておきたいのですが」

「これまでおった所でございますか。それは天台《てんだい》の国清寺《こくせいじ》で」

「はあ。天台《てんだい》におられたのですな。お名は」

「豊干《ぶかん》と申します」

「天台国清寺《てんだいこくせいじ》の豊干《ぶかん》とおっしゃる」閭《りょ》はしっかりおぼえておこうと努力するように、眉《まゆ》をひそめた。

「わたしもこれから台州《たいしゅう》へゆくものであってみれば、ことさらおなつかしい。ついでだからうかがいたいが、台州《たいしゅう》には会いに行ってためになるような、えらい人はおられませんかな」

「さようでございます。国清寺《こくせいじ》に拾得《じっとく》と申すものがおります。じつは普賢《ふげん》（仏《ほとけ》の真理や修行《しゅぎょう》の徳を司る菩薩《ぼさつ》）でございます。それから寺の西の方に、寒巌《かんがん》という石窟《せっくつ》（岩穴《いわあな》）があって、そこに寒山《かんざん》と申すものがおります。じつは文殊《もんじゅ》（知恵《ちえ》を司る菩《ぼ》薩《さつ》。普賢《ふげん》と一対をなし、釈迦《しゃか》の両脇《りょうわき》に仕える）でございます。さようならおいとまをいたします」こう言ってしまって、ついと出ていった。

こういうわけがあるので、閭《りょ》は天台《てんだい》の国清寺《こくせいじ》をめざして出かけるのである。

もともと世の中の人の、道とか宗教《しゅうきょう》というものに対する態度《たいど》に三通りある。自分の職業《しょくぎょう》に気を取られて、ただあくせくと苦労し働いて年月を送っている人は、道というものをかえりみない。これは読書人でも同じことである。もちろん本を読んで深く考えたら、道に到達《とうたつ》せずにはいられまい。しかしそうまで考えないまでも、

日々の務《つと》めだけは処理《しょり》していくことができよう。これはまったくむとんじゃくな人である。

次に意識《いしき》して道を求める人がある。もっぱら道を求めて、すべてのことを投げうつこともあれば、日々の務《つと》めはおこたらずに、絶《た》えず道に志《こころざ》していることもある。儒学《じゅがく》に入っても、道教に入っても、仏教《ぶっきょう》に入っても、キリスト教に入っても同じことである。こういう人が深く入り込《こ》むと、日々の務《つと》めがすなわち道そのものになってしまう。つまりこれはみんな道を求める人である。

このむとんじゃくな人と、道を求める人との中間に、道というものの存在《そんざい》を客観的に認《みと》めていて、それに対してまったくむとんじゃくだというわけでもなく、そうかといって自ら進んで道を求めるでもなく、自分を道に遠い人だとあきらめ、べつに道に親密《しんみつ》な人がいるように思って、それを尊敬《そんけい》する人がある。尊敬《そんけい》はどの種類の人にもあるが、単に同じ対象《たいしょう》を尊敬《そんけい》する場合をも考えて言うと、道を求める人なら、遅《おく》れている者が進んでいる者を尊敬《そんけい》することになり、ここに言う中間の人物なら、自分のわからぬもの、十分に理解《りかい》し自分のものとすることのできぬものを尊敬《そんけい》することになる。そこに盲目《もうもく》の尊敬《そんけい》が生ずる。盲目《もうもく》の尊敬《そんけい》では、たまたまそれをさし向ける対象《たいしょう》が正しくても、なんにもならぬのである。

閭《りょ》は衣服をあらため輿《こし》に乗って、台州《たいしゅう》の官舎《かんしゃ》を出た。従者《じゅうしゃ》が数十人ある。

時は冬の初めで、霜《しも》が少し降《ふ》っている。椒江《しょうこう》の支流《しりゅう》で、始豊渓《しほうけい》という川の左岸を遠回りしながら北へ進んでゆく。初めくもっていた空がようやく晴れて、青白い日が岸の紅葉《もみじ》を照らしている。道で出会う老人や子どもは、みんな輿《こし》を避《さ》けてひざまずく。輿《こし》の中では閭《りょ》がひどくいい心持ちになっている。民を治める職《しょく》にいて賢者《けんじゃ》に敬意《けいい》を表す礼をするというのが、手がらのように思われて、閭《りょ》に満足を与《あた》えるのである。

台州《たいしゅう》から天台《てんだい》県までは六十里ある。日本の六里半（約二五キロメートル）ほどである。ゆるゆる輿《こし》をかつがせて来たので、県から役人の迎《むか》えに出たのに会った時、もう昼を過《す》ぎていた。県長官の官舎《かんしゃ》で休んで、ごちそうになりつつ聞いてみると、ここから国清寺《こくせいじ》までは、登りの道がまた六十里ある。ゆき着くまでには夜に入りそうである。そこで閭《りょ》は県長官の官舎《かんしゃ》に泊《と》まることにした。

翌朝《よくあさ》、県長官に送られて出た。今日も昨日に変わらぬ天気である。いったい天台《てんだい》一万八千丈《じょう》（約五・七万キロメートル）とは、いつだれが測量《そくりょう》したにしても、いかにも高過《す》ぎるようだが、とにかく虎《とら》のいる山である。道はなかなか昨日のようには進まない。途中《とちゅう》で昼飯を食って、日が西に傾《かたむ》きかかったころ、国清寺《こくせいじ》の三門（正門）に着いた。智者大師《ちしゃだいし》（天台宗《てんだいしゅう》の開祖《かいそ》）の亡《な》くなった後、随《ずい》の煬帝《ようだい》（第二代皇帝《こうてい》）が建てたという寺である。

寺でも主簿《しゅぼ》のお参りだというので、おろそかにはしない。道翹《どうぎょう》という僧《そう》が出迎《でむか》えて、閭《りょ》を客間に案内した。さて茶菓子《ちゃがし》のもてなしがすむと、閭《りょ》が問うた。「この寺に豊干《ぶかん》という僧《そう》がおられましたか」

道翹《どうぎょう》が答えた。「豊干《ぶかん》とおっしゃいますか。それは先ごろまで、本堂《ほんどう》の後ろの僧《そう》院《いん》におられましたが、修行《しゅぎょう》の旅に出られたきり、帰られませぬ」

「この寺ではどういう事をしておられましたか」

「さようでございます。僧《そう》どもの食べる米をついておられました」

「はあ。そして何かほかの僧《そう》たちと変わったことはなかったのですか」

「いえ。それがございましたので、初めただ骨惜《ほねお》しみをしない、親切な同僚《どうりょう》だと存《ぞん》じていました豊干《ぶかん》さんを、わたくしどもが大切にいたすようになりました。するとある日ふいと出て行ってしまわれました」

「それはどういう事があったのですか」

「まったく不思議な事でございました。ある日、山から虎《とら》にのって帰ってまいられたのでございます。そしてそのまま廊下《ろうか》へ入って、虎《とら》の背《せ》で詩をうたって歩かれました。いったい詩をうたうことの好きな人で、裏《うら》の僧院《そういん》でも、夜になると詩をうたわれていました」

「はあ。生きた阿羅漢《あらかん》（仏教修行《ぶっきょうしゅぎょう》の最高位に達した聖者《せいじゃ》、羅漢《らかん》とも）ですな。その僧院《そういん》の跡《あと》はどうなっていますか」

「ただいまも空き家になっておりますが、時々夜になると、虎《とら》がまいってほえております」

「そんならご苦労ながら、そこへご案内を願いましょう」こう言って、閭《りょ》は座《ざ》を立った。

道翹《どうぎょう》はクモの巣を払《はら》いつつ先に立って、閭《りょ》を豊干《ぶかん》のいた空き家に連れていった。日がもう暮《く》れかかったので、薄暗《うすぐら》い屋内を見回すに、がらんとして何ひとつない。道翹《どうぎょう》は身をかがめて石畳《いしだたみ》の上の虎《とら》の足跡《あしあと》を指さした。たまたま山風が窓《まど》の外を吹《ふ》いて通って、うず高い庭の落ち葉を巻《ま》き上げた。その音がものさびしさを破《やぶ》ってざわざわと鳴ると、閭《りょ》は髪《かみ》の毛の根をしめつけられるように感じて、全身の肌《はだ》の毛穴《けあな》が縮《ちぢ》んだ。

閭《りょ》は忙《いそが》しそうに空き家を出た。そしてあとからついて来る道翹《どうぎょう》に言った。「拾得《じっとく》という僧《そう》はまだこちらの寺におられますか」

道翹《どうぎょう》は疑《うたが》わしそうに閭《りょ》の顔を見た。「よくご存《ぞん》じでございます。先ほどあちらの台所で、寒山《かんざん》と申すものと火にあたっておりましたから、ご用がおありなさるなら、呼《よ》び寄《よ》せましょうか」

「ははあ。寒山《かんざん》も来ておられますか。それは願ってもないことです。どうぞご苦労ついでに台所にご案内を願いましょう」

「承知《しょうち》いたしました」と言って、道翹《どうぎょう》は本堂《ほんどう》にそって西へ歩いてゆく。

閭《りょ》が後ろから問うた。「拾得《じっとく》さんはいつごろからこちらの寺におられますか」

「もうよほど久《ひさ》しいことでございます。あれは豊干《ぶかん》さんが松林の中から拾って帰られた捨《す》て子でございます」

「はあ。そしてこの寺では何をしておられますか」

「拾われてまいってから三年ほどたちました時、食堂《じきどう》で上座《じょうざ》の像《ぞう》（十六羅漢《らかん》のうちの第一賓頭盧尊者《びんずるそんじゃ》。おびんずるさん）に香を上げたり、灯明《とうみょう》を上げたり、そのほか供《そな》えものさせたりいたしましたそうでございます。そのうちある日上座《じょうざ》の像《ぞう》に食事を備《そな》えておいて、自分が向き合っていっしょに食べているのを見つけられましたそうでございます。賓頭盧尊者《びんずるそんじゃ》の像《ぞう》がどれだけ尊《とうと》いものか存《ぞん》ぜずにいたしたこととみえます。ただいまでは台所で僧《そう》どもの食器を洗《あら》わせております」

「はあ」と言って、閭《りょ》は二、三歩ほど歩いてから問うた。「それからただいま寒山《かんざん》とおっしゃったが、それはどういうかたですか」

「寒山《かんざん》でございますか。これは当寺から西の方の寒巌《かんがん》と申す石窟《せっくつ》に住んでおりますものでございます。拾得《じっとく》が食器を洗《あら》います時、残っている飯や菜（おかず）を竹の筒《つつ》に入れて取っておきますと、寒山《かんざん》はそれをもらいにまいるのでございます。」

「なるほど」と言って、閭《りょ》はついてゆく。心のうちでは、そんなことをしている寒《かん》山《ざん》・拾得《じっとく》が、文殊《もんじゅ》・普賢《ふげん》なら、虎《とら》にのった豊干《ぶかん》はなんだろうなどと、田舎者《いなかもの》が芝居《しばい》を見て、どの役がどの俳優《はいゆう》かと思い惑《まど》うときのような気分になっているのである。

「はなはだむさしくるしい所で」と言いつつ、道翹《どうぎょう》は閭《りょ》を台所の中に連れ込《こ》んだ。

ここは湯気がいっぱいこもっていて、にわかに入ってみると、はっきりと物を見定めることもできぬくらいである。その灰色《はいいろ》の中に大きいかまどが三つあって、どれにも残ったまきがまっ赤に燃《も》えている。しばらく立ち止まって見ているうちに、石の壁《かべ》に沿《そ》ってつくり付けてある台の上でおおぜいの僧《そう》が飯や菜や汁《しる》を鍋釜《なべかま》から移《うつ》しているのが見えてきた。

この時、道翹《どうぎょう》が奥《おく》の方へ向いて、「おい、拾得《じっとく》」と呼《よ》びかけた。

閭《りょ》がその視線《しせん》をたどって、入り口から一番遠いかまどの前を見ると、そこに二人の僧《そう》のうずくまって火にあたっているのが見えた。

一人は髪《かみ》の二、三寸《すん》(約六から九センチ)伸《の》びた頭をむき出して、足には草履《ぞうり》をはいている。いま一人は木の皮で編《あ》んだ頭《ず》きんをかぶって、足には木ぐつをはいている。どちらもやせてみすぼらしい小男で、豊干《ぶかん》のような大男ではない。道翹《どうぎょう》が呼《よ》びかけた時、頭をむき出した方はふり向いてにやりと笑ったが、返事はしなかった。これが拾得《じっとく》だと見える。頭《ず》きんをかぶった方は身動きもしない。これが寒山《かんざん》なのであろう。

閭《りょ》はこう見当をつけて二人のそばへ進み寄《よ》った。そしてそでをかき合わせてうやうやしく礼をして、「朝儀大夫《ちょうぎたいふ》（軍事以外を担当《たんとう》する役人）、使持節《しじせつ》（軍事最高権力《けんりょく》者）、台州《たいしゅう》の主簿《しゅぼ》、上柱国《じょうちゅうこく》（最高軍事長官）、賜緋魚袋《しひぎょたい》（皇帝《こうてい》からもらう緋色《ひいろ》の衣に魚形の袋《ふくろ》）、閭丘胤《りょきゅういん》と申すものでございます」と名のった。

二人は同時に閭《りょ》をひと目見た。それから二人で顔を見合わせて、腹《はら》の底からこみ上げてくるような笑い声を出したかと思うと、いっしょに立ち上がって、台所をかけ出して逃《に》げた。逃《に》げるときに寒山《かんざん》が「豊干《ぶかん》がしゃべったな」と言ったのが聞こえた。

驚《おどろ》いてあとを見送っている閭《りょ》が周囲《しゅうい》には、飯や菜や汁《しる》を盛《も》っていた僧《そう》らが、ぞろそろと来て集まった。道翹《どうぎょう》はまっ青な顔をして立ちすくんでいた。

（了）

寒山拾得縁起《かんざんじっとくえんぎ》

『徒然草《つれづれぐさ》』(鎌倉《かまくら》時代の随筆《ずいひつ》)に最初の仏《ほとけ》はどうしてできたかと問われて困《こま》ったというような話があった。子どもにものを問われて困《こま》ることはたびたびである。中にも宗教上《しゅうきょうじょう》の事には、答えに困《こま》ることが多い。しかしそれを拒《こば》んで答えずにしまうのは、ほとんどそれはうそだと言うのと同じようになる。近ごろ帰一協会《きいっきょうかい》(学者や実業家の団体《だんたい》)などでは、それを子どものために悪いといって気づかっている。

寒山《かんざん》詩があちこちで活字本にして出されるので、私《わたし》のうちの子どもがその広告《こうこく》を読んで買ってもらいたいと言った。

「それは漢字ばかりで書いた本で、おまえにはまだ読めない」と言うと、重ねて「どんなことが書いてあります」と問う。たぶん広告《こうこく》に、心を磨《みが》き人格《じんかく》を高めるために読むべき書だというような事が書いてあったので、子どもが熱心に内容《ないよう》を知りたく思ったのであろう。

私《わたし》は取りあえずこんなことを言った。床《とこ》の間《ま》に先ごろ掛《か》けてあった画を覚えているだろう。中国風の姿《すがた》をした子どものような人が二人で笑っていた。あれが寒山《かんざん》と拾得《じっとく》とを描《えが》いたものである。寒山《かんざん》詩はその寒山《かんざん》がつくった詩なのだ。詩はなかなかむずかしいと言った。

子どもは少し見当がついたらしい様子で、「詩はむずかしくてわからないかもしれませんが、その寒山《かんざん》という人だの、それといっしょにいる拾得《じっとく》という人だのは、どんな人でございます」と言った。私《わたし》はやむをえず、寒山拾得《かんざんじっとく》の話をした。

私《わたし》はちょうどその時、何かひとつ話を書いてもらいたいとたのまれていたので、子どもにした話を、ほとんどそのまま書いた。いつもとちがって、一冊《さつ》の参考書をも見ずに書いたのである。

この『寒山拾得《かんざんじっとく》』という話は、まだ書店の手にわたしはせぬが、たぶん雑誌《ざっし》『新小説』に出ることになるだろう。

子どもはこの話には満足しなかった。大人の読者はおそらくはいっそう満足しないだろう。子どもには、話した後でいろいろの事を問われて、私《わたし》はまたやむをえずに、いろいろな事を答えたが、それをすべて書くことはできない。最も困《こま》ったのは、寒山《かんざん》が文殊《もんじゅ》で拾得《じっとく》は普賢《ふげん》だと言ったために、文殊《もんじゅ》だの普賢《ふげん》だのの事を問われて、それをどうかこうか答えるとまたその文殊《もんじゅ》が寒山《かんざん》で、普賢《ふげん》が拾得《じっとく》だというのがわからぬと言われたときである。

私《わたし》はとうとう宮崎虎之助《とらのすけ》（宗教家《しゅうきょうか》）さんの事を話した。宮崎さんはメッシアス（ドイツ語、救世主《きゅうせいしゅ》）だと自分で言っていて、またそのメッシアスを拝《おが》みにゆく人もあるからである。これは現在《げんざい》にある例で説明したら、いくらかわかりやすいだろうと思ったからである。

しかしこの説明はうまくいかなかった。子どもには昔の寒山《かんざん》が文殊《もんじゅ》であったのがわからぬと同じく、いまの宮崎さんがメッシアスであるのがわからなかった。私《わたし》はひとつの関所をこえて、またひとつの関所に出会ったように思った。そしてとうとうこう言った。「じつはパパアも文殊《もんじゅ》なのだが、まだだれも拝《おが》みに来ないのだよ」

(了)

解説　森鷗外《もりおうがい》の世界
――「学問と芸術《げいじゅつ》」を愛して

渡邉文幸

森鷗外は、夏目漱石《そうせき》とともに、日本近代文学の礎《いしずえ》を築《きず》いた明治・大正期の文豪《ぶんごう》です。作家として、小説をはじめ戯曲《ぎきょく》や詩歌、評論《ひょうろん》、外国文学の翻訳《ほんやく》など、多数の作品を発表しました。また軍医として最高ポストの陸軍軍医総監《そうかん》になり、晩年《ばんねん》は宮《く》内省《ないしょう》帝室《ていしつ》博物館（国立博物館）総長兼図書頭《そうちょうけんずしょのかみ》、帝国美術院《ていこくびじゅついん》（日本芸術院）初代院長などを務《つと》めています。

その古今東西におよぶ広く深い学問と高い見識《けんしき》、それに活動の大きさは類をみません。文学博士《はかせ》の作家・文学者であるとともに医学博士《はかせ》の軍医、同時にふたつの世界で活躍《かつやく》しました。鷗外の特徴《とくちょう》であるふたつの顔であり、ここに「軍医鷗外」といわれるわけがあります。

しかし自由・平等な個人《こじん》を基礎《きそ》とする西欧《せいおう》の近代思想を学んだ知識人《ちしきじん》の鷗外と、天皇《てんのう》中心の神話的な国づくりを急ぐ明治政府《せいふ》とでは、もともとあいいれないものがありました。それに鷗外自身は国家を担《にな》う重要な官僚《かんりょう》でした。そこに個人《こじん》と国家、文学と政治《せいじ》との激《はげ》しいせめぎあいと苦悩《くのう》、孤独《こどく》があります。こうした大きな矛盾《むじゅん》をかかえながらも強い精神力《せいしんりょく》で立ち向かいました。

長女の茉莉《まり》は、「父は、何と言ったらいいのだろうか、高い、ロマンティックな世界に遊んでいた。学問と芸術《げいじゅつ》とを愛することで、父はそこに登っていったので、あった」(森茉莉《まり》『父の帽子《ぼうし》』)と書いています。軍医鷗外の世界は、この「学問と芸術《げいじゅつ》」によってひとつに調和されていたようです。では、その生涯《しょうがい》と作品をみていきましょう。

Ⅰ　軍医鷗外の誕生《たんじょう》

鷗外、本名・森林太郎《りんたろう》は、一八六二（文久《ぶんきゅう》二）年一月一九日、石見国鹿足郡《いわみのくにかのあし》津和《つわ》野《の》町横掘《よこほり》、現在《げんざい》の島根県津和野《つわの》町に、父・静男と母・峰子《みねこ》の長男として誕生《たんじょう》しました。その後、弟二人、妹一人が生まれます。

森家は、津和野《つわの》藩主《はんしゅ》亀井《かめい》家の医師《いし》、典医《てんい》として代々仕えていました。林太郎《りんたろう》の生まれたのは時あたかも幕末《ばくまつ》、六年後には明治になります。まさに開国から明治維新《いしん》を経《へ》て、日本が近代国家として大きく生まれ変わる転換期《てんかんき》にあたります。

林太郎《りんたろう》は、五歳《さい》になると中国古典の『論語《ろんご》』『孟子《もうし》』を学び始めます。山あいにある津和野《つわの》の朝はなかなか明るくなりません。それでも早朝のまだ暗いうちに起き出して、提灯《ちょうちん》をともして先生のもとに通いました。七歳《さい》で藩校《はんこう》の養老館《ようろうかん》に中国の儒《じゅ》学《がく》を習い、さらに父からオランダ語も学びます。

一八七二（明治五）年、十歳《さい》の時、江戸《えど》から名前が変わったばかりの東京に、父とともに転居《てんきょ》します。ドイツ語を学ぶために私立《しりつ》学校に入り、神田にあった親戚《しんせき》の哲学者《てつがくしゃ》・思想家、西周《にしあまね》の家に下宿します。やがて津和野《つわの》の家を引き払《はら》い、祖母《そぼ》に母、弟妹も上京します。

第一大学区医学校予科（東京大学医学部）に十二歳《さい》で入学します。入学年齢《ねんれい》に達していないため、「万延《まんえん》元（一八六〇）年生まれ」として願書《がんしょ》を提出《ていしゅつ》し、以後、公式にはこれを生年として用いるようになります。医学生となった林太郎《りんたろう》の勉強ぶりは驚《おどろ》くばかりで、講義《こうぎ》を記したノートは人の倍もありました。ドイツ語の辞書が手に入らないので、持っている先輩《せんぱい》から借りて、AからZまですべて書き写します。

そして一八八一（明治一四）年七月、十九歳《さい》で東京大学医学部を卒業し、年末に陸軍軍医副に任命《にんめい》されて東京陸軍病院に勤務《きんむ》します。進路について思い悩《なや》みましたが、家庭の経済《けいざい》的な問題もあり、両親の希望にしたがい軍医を選びました。

その後、陸軍衛生制度《えいせいせいど》と衛生学《えいせいがく》研究の目的で、ドイツ留学《りゅうがく》（一八八四）を命じられ、ドイツ各地で研究生活を送ります。

まずライプツィヒ大学で衛生学《えいせいがく》などを学んだ後、ドレスデンで軍医のための講習《こうしゅう》を受けます。ドイツ第十二軍団《ぐんだん》の演習《えんしゅう》に参加したり、王宮の舞踏会《ぶとうかい》や貴族《きぞく》の夜会、オペラなど華《はな》やかな場所へも出かけたりしています。ミュンヘンでは画学生の原田直次郎《なおじろう》と親しく交わります。ベルリンでは、結核菌《けっかくきん》やコレラ菌《きん》の発見などで著名《ちょめい》な細菌《さいきん》学者R・コッホの衛生《えいせい》試験所に入ります。プロイセン近衛軍団《このえぐんだん》の大隊にも加わり、軍隊医務《いむ》も経験《けいけん》しました。こうした体験が後に創作《そうさく》に生かされることになります。

留学中《りゅうがくちゅう》、ゲーテの『ファウスト』などのドイツ文学をはじめ、多くの外国文学を読んでいます。このドイツのレクラム文庫版《ばん》ゲーテ全集『ファウスト』の扉《とびら》には「鷗外漁史《おうがいぎょし》」と記されています。これが「鷗外」の号が使われた最初ではないかとみられます。

「鷗外」の由来についてはいろいろな説があります。友人が使っていたのを借りたもの、中国杜甫《とほ》の詩からとったもの、住居《じゅうきょ》近く千住《せんじゅ》の「かもめの渡《わた》し」からとったものなどです。もともと「鷗《かもめ》」は、俗世間《ぞくせけん》から離《はな》れた境地《きょうち》を象徴《しょうちょう》しています。

留学中《りゅうがくちゅう》のエピソードとして、ナウマンゾウで知られる動物学者E・ナウマンとの論争《ろんそう》が知られています。日本文化を批判《ひはん》したナウマンの講演《こうえん》に林太郎《りんたろう》はすぐに反論《はんろん》します。ドイツ語での論争《ろんそう》に一歩も引けを取りません。若《わか》いころにはかなり論争《ろんそう》好きでした。

やがて四年間のドイツ留学《りゅうがく》を終え、一八八八（明治二一）年九月に帰国します。すぐに追いかけるように若《わか》いドイツ人女性《じょせい》が来日し、森家では一騒動《ひとそうどう》となりました。この女性《じょせい》は間もなく国へ帰りますが、後に書かれる『舞姫《まいひめ》』のヒロイン「エリス」のモデルではないかといわれます。やはり同じこがね色の髪《かみ》でした。

大日本帝国憲法《ていこくけんぽう》（明治憲法《けんぽう》）が一八八九年に発布《はっぷ》され、天皇《てんのう》中心の国家の体制《たいせい》ができると、翌年《よくねん》には最初の衆院《しゅういん》議員選挙が実施《じっし》され、第一回帝国《ていこく》議会が開かれ、日本は近代国家へ向けて歩み始めます。

帰国の翌年《よくねん》、林太郎《りんたろう》は海軍中将《ちゅうじょう》、赤松則良《あかまつよしのり》の長女・登志子《としこ》と結婚《けっこん》します。最初に住んだ家は上野池之端《いけのはた》にある赤松家の別邸《べってい》で、動物園に近く、夜がふけると猛獣《もうじゅう》の鳴き声が不気味に聞こえたそうです。本格的《ほんかくてき》な文学、評論《ひょうろん》活動がこのころに始まります。

最初の小説『舞姫《まいひめ》』が発表されたのは、議会開設《かいせつ》と同じ九〇年です。続いて『うたかたの記』、翌年《よくねん》には『文づかい』が発表されます。

この初期の短編《たんぺん》小説は、いずれも留学《りゅうがく》時代に題材をとった「ドイツ三部作」といわれ、西欧《せいおう》のロマン主義《しゅぎ》にあふれ、高い評判《ひょうばん》を得《え》ます。古風で流れるように美しい雅文体《がぶんたい》といわれる文章は、それまでの江戸戯作《えどげさく》の古い世界に清新な風を吹《ふ》き込《こ》み、近代文学の新しい表現《ひょうげん》スタイルとして、明治の文学界に大きな影響《えいきょう》を与《あた》えました。

また妹の小金井喜美子《こがねいきみこ》や友人らとゲーテやバイロンなどの訳詩集《やくししゅう》『於母影《おもかげ》』を発表し、その原稿料《げんこうりょう》で雑誌《ざっし》『しがらみ草紙』を創刊《そうかん》して文学評論《ひょうろん》の舞台《ぶたい》とします。評《ひょう》論《ろん》活動を活発にする一方、小説の執筆《しっぴつ》をしばらく中断《ちゅうだん》しています。

II　団子坂《だんござか》の観潮楼《かんちょうろう》

『舞姫《まいひめ》』が発表された年、長男の於菟《おと》が生まれますが、登志子《としこ》とは離婚《りこん》します。そして本郷駒込千駄木町《ほんごうこまごめせんだぎちょう》五十七番地に引《ひ》っ越《こ》しています。また二年後には同じ千駄木《せんだぎ》町《ちょう》二十一番地の団子坂《だんござか》上に転居《てんきょ》し、新築《しんちく》した家を観潮楼《かんちょうろう》と名づけます。

千駄木町《せんだぎちょう》五十七番地の家はその後、英国留学《りゅうがく》から帰国した夏目漱石《そうせき》が住むことになります。漱石《そうせき》はこの家で『吾輩《わがはい》は猫《ねこ》である』を書いて作家デビューし、「猫《ねこ》の家」といわれました。

団子坂《だんござか》は、古くは汐見坂《しおみざか》と言われたことから観潮楼《かんちょうろう》の名がつけられました。十二畳《じょう》の広い二階の縁側《えんがわ》に立つと、上野の森の遠く向こうに品川沖の海や両国の花火が見えたそうです。この家には、千住《せんじゅ》に住んでいた父母や祖母《そぼ》も来て同居《どうきょ》するようになります。

近くに住む青年は、鷗外の書斎《しょさい》の明かりを見ながら勉強に励《はげ》みますが、午前三、四時になっても消えないのでついにあきらめたそうです。鷗外は睡眠《すいみん》時間がきわめて短く、「人間は二時間寝《ね》ればたくさんだ」と友人によく語っています。

花畑と言われた北側の広い庭には、四季の草花が咲《さ》き乱《みだ》れていました。紫《むらさき》のジギタリス、赤紫《あかむらさき》のシャクナゲ、白や紅《くれない》などのアオイ、淡《あわ》い藍《あい》のアジサイ、深紅《しんく》のダリア、なかでも濃《こ》い紫色《むらさきいろ》のスミレが好きでした。ドイツから持ち帰った花もありました。鷗外自ら庭に出て、着物を尻《しり》ぱしょりして花の種や球根を植えています。書斎《しょさい》の前の植え込《こ》みには、大きな沙羅《さら》の木、ナツツバキが植えられていました。鷗外の詩があります。

沙羅《さら》の木

褐色《かちいろ》の根府川石《ねぶかわいし》に

白き花はたと落ちたり、
ありとしも青葉がくれに
見えざりしさらの木の花。

次女の杏奴《あんぬ》は、思い出を書いています。「沙羅《さら》の木の根本には面白い形をした石があって、夏になると青く葉の茂《しげ》った奥《おく》に、気品の高い白い花が、咲《さ》くとみる間に散ってしまう。藍色《あいいろ》の縮《ちぢみ》の単衣《ひとえ》を着た父が裾《すそ》をまくって白い脛《すね》を出し、飛び石をはだしで伝っては落ちた花を拾って来たものだ」（小堀杏奴『晩年の父』）

このころ軍服、白手袋《てぶくろ》にサーベル、拍車《はくしゃ》を鳴らしてさっそうと軍馬にまたがって、三宅坂《みやけざか》の陸軍省に通う鷗外の姿《すがた》が見られました。末弟の潤三郎《じゅんざぶろう》は、兄の日常《にちじょう》について、「服装《ふくそう》はたいてい一年中軍服で通し、在宅《ざいたく》の時は兵士《へいし》のような手首をボタンでとめるシャツにズボンでおり、また黒紬《くろつむぎ》の紋付《もんつき》にはかまのこともあった」と記しています。

また留学《りゅうがく》以来、朝夕に桶《おけ》一杯《ぱい》の湯を使って頭の先からつま先まで拭《ぬぐ》いました。漱《そう》石《せき》とちがい銭湯《せんとう》や温泉《おんせん》に興味《きょうみ》はなく、風呂《ふろ》にも入らなかったようです。淡泊《たんぱく》な野菜などを食べ、とくにナス、カボチャ、サツマイモを好みました。まんじゅうを割《わ》ってご飯にのせてお茶をかけて食べるのが好物でした。食事がすむと、象牙《ぞうげ》のはしをお茶ですすぎ、半紙に包み黒塗《くろぬ》りのはし箱へ入れます。まるで禅僧《ぜんそう》のようです。

この団子坂《だんござか》に移《うつ》った年の秋から、イタリアを舞台《ぶたい》にしたアンデルセンの長編恋愛《ちょうへんれんあい》小説『即興詩人《そっきょうしじん》』をドイツ語から翻訳《ほんやく》し始めます。軍務《ぐんむ》を終えた夜間に続けられ、精魂込《せいこんこ》めた翻訳《ほんやく》は九年後に完成します。その華麗《かれい》な文章と格調《かくちょう》の高さ、情熱的《じょうねつてき》な詩《し》情《じょう》は、多くの若《わか》い読者をとらえ愛読されました。名訳《めいやく》といわれ、原作より高い評価《ひょうか》を得《え》ています。

やがて陸軍軍医学校長となりますが、日清戦争（一八九四－九五）が起こると、第二兵站《へいたん》軍医部長として中国に派遣《はけん》されます。このとき従軍《じゅうぐん》記者として派遣《はけん》されてきた俳人《はいじん》の正岡子規《まさおかしき》と、遼東《りょうとう》半島の金州《きんしゅう》で出会い、俳句《はいく》の話などをしています。鷗外は三百余《よ》の俳句《はいく》を残していますが、江戸《えど》前期の俳人《はいじん》、向井去来《むかいきょらい》の「秋風や白木の弓に弦張《げんは》らん」の句《く》がお気に入りでした。さわやかな空気と凜《りん》とした緊張《きんちょう》が感じられます。

戦後、新たな評論雑誌《ひょうろんざっし》『めさまし草』を創刊《そうかん》しました。樋口一葉《ひぐちいちよう》の小説『たけくらべ』を雑誌《ざっし》の合評《がっぴょう》で称賛《しょうさん》し、一葉《いちよう》の名を一躍《いちやく》高めます。その後、近衛師団《このえしだん》軍医部長などを務《つと》めた後、小倉《こくら》の第十二師団《しだん》軍医部長として、一八九九（明治三二）年九州に赴任《ふにん》します。鷗外の文学活動を快《こころよ》く思わない上司らによる、左遷《させん》、降格《こうかく》でした。

「一面には予が医学を以て相交《あいまじ》わる人は、他《あれ》は小説家だから与《とも》に医学を談ずるには足らないといい、予が官職を以て相対《あいたい》する人は、他《あれ》は小説家だから重事《じゅうじ》を托《たく》するには足らないといって、暗々裡《あんあんり》に我《わが》進歩を妨《さまた》げ、我《わが》成功を挫《くじ》いたことはいくばくということを知らない」（鷗外『鷗外漁史とは誰ぞ』）

小倉《こくら》では、役所がひけるとカトリック教会に通いフランス人神父にフランス語を習い、寺の住職《じゅうしょく》からは仏教《ぶっきょう》を学びます。また師団《しだん》の将校《しょうこう》に戦争論《ろん》を講義《こうぎ》しています。三年間勤務《きんむ》した小倉《こくら》最後の年、大審院《だいしんいん》（最高裁）判事《はんじ》、荒木博臣《あらきひろおみ》の長女・志《し》げと再婚《さいこん》します。鷗外三十九歳《さい》、志《し》げは二十一歳《さい》でした。婚礼《こんれい》は観潮楼《かんちょうろう》の二階であげました。

友人にあてた手紙に鷗外は「少々美術品《びじゅつひん》ラシキ妻《つま》ヲ相迎《あいむか》エ」と自慢《じまん》げに書き送り、志《し》げは『舞姫《まいひめ》』の主人公太田豊太郎《おおたとよたろう》に恋《こい》をして」と言っています。鷗外の母も志《し》げの美しさに驚《おどろ》きました。志《し》げは、小倉《こくら》で二人で暮《く》らした三か月が一番楽しかったそうです。しかし家計をにぎる鷗外の母と自由気ままな志《し》げとは、最後までそりが合いませんでした。

Ⅲ　創作《そうさく》活動の再開《さいかい》

それから間もなく、東京の第一師団《しだん》軍医部長となり、観潮楼《かんちょうろう》での生活にもどります。翌《よく》一九〇三年には長女の茉莉《まり》が誕生《たんじょう》し、続いて次男・不律《ふりつ》（一九〇七）、次女・杏奴《あんぬ》（〇九）、三男・類《るい》（一一）が生まれました。不律《ふりつ》は生後半年で亡《な》くなります。

長男の於菟《おと》を含《ふく》め、みんな外国でも通用する名前がつけられました。幼《おさな》い子どもたちは、それぞれ「オマリ」「アンヌコ」「ボンチコ」と呼《よ》ばれました。子どもたちは父親を「パッパ」と言って大好きでした。鷗外は、子どもにいつもやさしく、決してしかることはありません。個性《こせい》を尊重《そんちょう》し、自由に大事に育てます。来客にも子どもをひざに乗せて応対《おうたい》しました。子どもたちは父の印象《いんしょう》を、「いつも首を少しまげてニコニコ笑っていた」と語っています。

日露《にちろ》戦争（一九〇四－〇五）では、第二軍軍医部長として再《ふたた》び中国遼東《りょうとう》半島の戦地へ出かけます。陣中《じんちゅう》では、友人から贈《おく》られた『万葉集』をいつも手元におき『うた日記』を書いています。

戦地からは年若《としわか》い妻志《つまし》げや赤ん坊《ぼう》の茉莉《まり》を気づかう手紙をひんぱんに書き送り、

その数は百数十通におよびます。手紙では、志《し》げを「しげちゃん」「やんちゃ殿《どの》」などと呼《よ》び、仲むつまじさが思われます。しかし二度の戦争体験から、鷗外は国家の引き起こす戦争の悲惨《ひさん》さを目《ま》の当たりにしました。

戦争後、元老の山県有朋《やまがたありとも》を中心とする歌会「常磐会《ときわかい》」をつくり、医学生時代から親友の賀古鶴所《かこつるど》とともに幹事《かんじ》になります。山県《やまがた》は、郷里《きょうり》津和野《つわの》の隣《となり》の長州・山口出身、陸軍を背景《はいけい》に山県閥《やまがたばつ》を率《ひき》い政官界に大きな影響力《えいきょうりょく》をもっていました。この山県《やまがた》との親交は、批判《ひはん》や誤解《ごかい》を招《まね》くことにもなります。さらに鷗外邸《てい》では観潮楼《かんちょうろう》歌会が始まり、与謝野寛《よさのひろし》・晶子《あきこ》、伊藤左千夫《いとうさちお》、斎藤茂吉《さいとうもきち》、石川啄木《たくぼく》、北原白秋《はくしゅう》、佐々木信綱《のぶつな》、小山内薫《おさないかおる》など、多くの若《わか》い歌人らが集います。

一九〇七（明治四〇）年、陸軍軍医総監《そうかん》・陸軍省医務《いむ》局長（中将相当《ちゅうじょう》）の最高ポストに上りつめ、公務《こうむ》は多忙《たぼう》を極めます。

演劇評論家《えんげきひょうろんか》で医師《いし》の弟・篤次郎《とくじろう》（筆名・三木竹二）が創刊《そうかん》した演劇雑誌《えんげきざっし》には戯曲《ぎきょく》などを書いていましたが、弟が亡《な》くなると編集《へんしゅう》を引き継《つ》ぎ、多くの翻訳《ほんやく》戯曲《ぎきょく》を誌上《しじょう》に掲載《けいさい》します。歌人の木下杢太郎《きのしたもくたろう》、吉井勇《よしいいさむ》らによって文芸誌《し》『スバル』が創刊《そうかん》（一九〇九）されると、これを足場に旺盛《おうせい》な創作《そうさく》活動を再開《さいかい》して、ほぼ毎号に作品を発表するようになります。

『ヰタ《ウィ》・セクスアリス』『青年』『雁《がん》』に続いて『興津弥五右衛門《おきつやごえもん》の遺書《いしょ》』に始まる歴史《れきし》小説を書き、ゲーテ『ファウスト』、シェイクスピア『マクベス』などを翻訳《ほんやく》します。二年間で小説や戯曲《ぎきょく》など合わせて三十数編《へん》を書き上げる精力的《せいりょくてき》な活躍《かつやく》ぶりです。おもしろいことには、「ギョオテとはおれのことかとゲーテ言い」という有名な川柳《せんりゅう》がありますが、鷗外は「ギョオテ」と表記しています。

この『ヰタ《ウィ》・セクスアリス』を載《の》せた『スバル』創刊《そうかん》号は、「風紀《ふうき》を害する」と発売禁止《きんし》になります。陸軍次官から注意を受け、新聞へ書かないように警告《けいこく》されます。「自由と個人《こじん》」が主張《しゅちょう》され始めたのを恐《おそ》れた明治末期の政府《せいふ》は、軍医総監《そうかん》にまで強い姿勢《しせい》をみせます。これに反発した鷗外は、漱石《そうせき》からたのまれた小説を『東京朝日新聞』に別の筆名で書いています。

自伝的な小説『ヰタ《ウィ》・セクスアリス』には、「そのうち夏目金之助《きんのすけ》君が小説を書き出した。金井君は非常《ひじょう》な興味《きょうみ》を以て読んだ。そして技癢《ぎよう》を感じた」とあります。金之助《きんのすけ》は漱石《そうせき》、主人公の金井君は鷗外自身、技癢《ぎよう》とは自分の技量《ぎりょう》を示《しめ》したくて腕《うで》がむずむずするという意味です。主人公のことばに自分の思いを込《こ》めています。漱石《そうせき》の『三四郎《さんしろう》』を読んで、自分も書きたくなって『青年』を書いたのです。

雑誌連載《ざっしれんさい》を始めた『椋鳥通信《むくどり》』は五年間続き、第一次世界大戦前夜の海外事情《じじょう》をいきいきと伝えています。たくさんの新聞や雑誌《ざっし》をヨーロッパから取り寄《よ》せて、文学・美術《びじゅつ》・音楽・演劇《えんげき》から、政治《せいじ》・社会のニュース、ゴシップまで幅広《はばひろ》く翻訳《ほんやく》し伝えています。当時としては最新の欧米情報《おうべいじょうほう》です。

鷗外を尊敬《そんけい》した作家、太宰治《だざいおさむ》も後に『椋鳥通信《むくどり》』をよく読んでは創作《そうさく》のヒントにしていました。太宰《だざい》は「翻訳《ほんやく》は鷗外のもの以外は読まない」と言っていたようです。

慶応義塾《けいおうぎじゅく》文学科顧問《こもん》となり改革《かいかく》を頼《たの》まれると、親しかった英文学者で詩人の上田敏《びん》と漱石《そうせき》を専任教授《せんにんきょうじゅ》の候補《こうほ》にあげました。だが二人とも無理だったため、フランスから帰国したばかりの作家、永井荷風《ながいかふう》に目をつけます。かつて若《わか》い荷風《かふう》が書いた小説を鷗外が高く評価《ひょうか》したことがありました。慶応義塾《けいおうぎじゅく》の教授《きょうじゅ》となった荷風《かふう》は感謝《かんしゃ》し、生涯《しょうがい》鷗外を尊敬《そんけい》し続けます。弟子《でし》をもたない鷗外ですが、優《すぐ》れた若手《わかて》を見つけては励《はげ》ましています。

漱石《そうせき》に対する評価《ひょうか》が高かったのも興味《きょうみ》深いことです。漱石《そうせき》とは生涯《しょうがい》に数回しか会っていませんが、互《たが》いに著作《ちょさく》を贈《おく》るなどしていました。漱石《そうせき》が胃病《いびょう》のため修善寺《しゅぜんじ》で倒《たお》れたとき、鷗外は部下の軍医を見舞《みま》いに送っています。

明治末、社会主義者《しゅぎしゃ》が明治天皇《てんのう》の暗殺《あんさつ》を計画したとされる大逆事件《たいぎゃくじけん》(一九一〇)が起きると、鷗外は強い関心を寄《よ》せます。歌人の与謝野寛《よさのひろし》に頼《たの》まれ、弁護人にヨーロッパの社会思想について解説《かいせつ》をしています。この大逆事件《たいぎゃくじけん》は、一部を除《のぞ》いて政府《せいふ》による陰謀《いんぼう》でした。

西欧《せいおう》の自由な思想を学んだ鷗外には、次第に国家への疑念《ぎねん》が生じます。社会主義《しゅぎ》を弾圧《だんあつ》するために個人主義《こじんしゅぎ》までも排除《はいじょ》しようとする政治《せいじ》や社会の風潮《ふうちょう》に対して、個《こ》人主義《じんしゅぎ》は家族や社会、国家を破壊《はかい》するものではないと反論《はんろん》します。そして個人主義《こじんしゅぎ》の名のもとに「学問の自由研究と芸術《げいじゅつ》の自由発展《はってん》とを妨《さまた》げる国は栄えるはずがない」と「学問と芸術《げいじゅつ》」の自由を擁護《ようご》します。しかしその後日本のたどった歴史《れきし》を考えると、鷗外の心配したとおりになったようです。

その幅広《はばひろ》い仕事の中でも注目されるのは、樋口一葉《ひぐちいちよう》への称賛《しょうさん》や与謝野晶子《よさのあきこ》への援《えん》助《じょ》など、男性《だんせい》中心のこの時代に、懸命《けんめい》に活動する女性《じょせい》たちを温かく見守り支援《しえん》を惜《お》しまなかったことです。晶子《あきこ》が『新訳源氏物語《しんやくげんじものがたり》』を書いたときには、鷗外も校正の筆をとり、上田敏《びん》とともに序文《じょぶん》を寄《よ》せてたたえています。

平塚《ひらつか》らいてうが起こした女流文学者の青鞜社《せいとうしゃ》と女性解放《じょせいかいほう》の運動にも、よき理解《りかい》者《しゃ》として初めから深い関心を持ち、賛助員《さんじょいん》でもあった妻《つま》の志《し》げは『青鞜《せいとう》』創刊号《そうかんごう》に寄稿《きこう》しています。女性《じょせい》同人雑誌《ざっし》『番紅花《さふらん》』の創刊《そうかん》にも協力し、鷗外は随筆《ずいひつ》『サフラン』を書きます。

Ⅳ　歴史小説《れきし》へ

明治天皇《てんのう》が一九一二年に死去して、時代は大正に変わり、世界も日本も激動期《げきどうき》に入ります。中国では清朝が亡《ほろ》び、中華民国《ちゅうかみんこく》が成立（一九一二）し、第一次世界大戦（一九一四－一八）、ロシア革命《かくめい》（一九一七）が起こります。国内でも、大正デモクラシーを背景《はいけい》に、普通《ふつう》選挙を求める普選《ふせん》運動など社会運動が活発となります。

明治天皇《てんのう》が死去すると、「日露《にちろ》戦争の英雄《えいゆう》」と言われた乃木希典将軍《のぎまれすけしょうぐん》の殉死《じゅんし》が起きます。この出来事は、乃木《のぎ》と親しく交わり明治をともに生きてきた鷗外に大きな衝撃《しょうげき》を与《あた》えました。明治天皇《てんのう》の葬列《そうれつ》にしたがっていた鷗外はこのときの驚《おどろ》きを、「途上《とじょう》乃木希典《のぎまれすけ》夫妻《ふさい》の死を説くものあり。予半信半疑《はんしんはんぎ》す」と日記に記しています。翌日《よくじつ》には乃木邸《のぎてい》を訪《おとず》れ、生々しい切腹《せっぷく》の現場《げんば》に遺体《いたい》を拝《おが》んでいます。

乃木《のぎ》の遺書《いしょ》が公表されると、武士《ぶし》の殉死《じゅんし》をテーマにした『興津弥五右衛門《おきつやごえもん》の遺《い》書《しょ》』を一気に書き上げます。この間、行事や公務《こうむ》など多忙《たぼう》な日程《にってい》のなか二日しか費《つい》やしていません。晩年《ばんねん》に十数編《へん》の歴史《れきし》小説を書きますが、これが最初の歴史《れきし》小説となります。封建《ほうけん》時代に窮屈《きゅうくつ》な社会組織《そしき》の下で筋《すじ》を通して生きる人間を、あるがままに見つめています。高級官僚《かんりょう》にある身としては、題材を歴史《れきし》に求める方が自由に書きやすかったのかもしれません。

本書に収《おさ》めた歴史《れきし》小説四編《へん》は、発表順に『山椒大夫《さんしょうだゆう》』（一九一五）、『最後の一句《いっく》』（同）、『高瀬舟《たかせぶね》』（一六）、『寒山拾得《かんざんじっとく》』（同）です。『山椒大夫《さんしょうだゆう》』は、悲運の家族、母子や姉弟の愛情《あいじょう》と悲しみを描《えが》いた説話、伝説などがもとになっています。子どものころに祖母《そぼ》から語り聞かされていた哀《あわ》れな物語です。映画《えいが》や芝居《しばい》などにもなっています。

「わたくしは伝説その物をも、余《あま》りくわしく探《さぐ》らずに、夢《ゆめ》のような物語を夢《ゆめ》のように思い浮《う》かべて見た」とし、「とにかくわたくしは歴史離《れきしばな》れがしたさに山椒大夫《さんしょうだゆう》を書いたのだが、さて書き上げたところを見れば、なんだか歴史離《れきしばな》れがし足りないようである」と書いています。

説話にあるような残酷《ざんこく》な場面や復《ふく》しゅうなどを避《さ》けて淡々《たんたん》と描《えが》いていますが、これは必要のない残酷《ざんこく》さを嫌《きら》う鷗外らしい創作《そうさく》です。悪者をこらしめる仕返しは、安寿《あんじゅ》の健気《けなげ》さ、弟や父母への献身《けんしん》的な愛情《あいじょう》へと高められています。

鷗外自身、「わたくしの作品は概《がい》して dionysisch（ドイツ語、ディオニソス的）でなくって、apollinisch（アポロン的）なのだ」と説明しています。ディオニソスもアポロンもギリシャ神話の神々です。その意味は激情的《げきじょうてき》ではなく、調和的ということです。激《はげ》しい動きのある世界よりも、静かな穏《おだ》やかな世界を好んで書いています。

『最後の一句《いっく》』は、江戸戯作者《えどげさくしゃ》の随筆《ずいひつ》をもとに書いた作品です。父親のために自己《じこ》犠牲《ぎせい》をいとわない少女いちと、奉行《ぶぎょう》ら役人との真っ正面からの静かな対決です。

いちの「お上《かみ》のことには間違《まちが》いはございますまいから」という「ただ氷のように冷ややかに、刃《やいば》のように鋭《するど》い」最後の一句《いっく》へと話の焦点《しょうてん》は結ばれていきます。この反語ともとれる少女のことばに奉行《ぶぎょう》らの表情《ひょうじょう》は凍《こお》りつきます。

反語とは、表面の意味とは反対のことを意味して対象《たいしょう》を批評《ひひょう》するものです。片方《かたほう》は逃《に》げたまま、父だけが死罪《しざい》となり道理が通るのですか。お上《かみ》、すなわち幕府《ばくふ》、政治《せいじ》のやることはほんとうに間違《まちが》いはないのですかという問いかけです。どうか父の命を助けてくださいという嘆願《たんがん》ではなく、むしろお上《かみ》の判断《はんだん》は誤《あやま》りではないかと異議《いぎ》を申し立てているようです。

いまの世の中にも通用する緊張感《きんちょうかん》をもったことばです。だから役人たちは、そこに恐《おそ》ろしい「反抗《はんこう》の鋒《ほこさき》」を敏感《びんかん》に感じとります。少女の放った一句《いっく》は、国家の権力《けんりょく》への思わぬ静かな抵抗《ていこう》となります。いちと安寿《あんじゅ》、健気《けなげ》な少女の姿《すがた》がりりしく映《うつ》ります。

『高瀬舟《たかせぶね》』は、奉行所与力《ぶぎょうしょよりき》の随筆《ずいひつ》からとった作品で、短いものを優《すぐ》れた小説に仕立て直したものです。『縁起《えんぎ》』にもあるように、財産《ざいさん》と安楽死の二つの問題を主に扱《あつか》っています。

古代中国の思想家、老子《ろうし》は「足ることを知る」を説いています。「持っているだけのもので満足することを知るのが富んでいることだ」というのです。同心《どうしん》は自らの生活を深く省みていますが、鷗外自身の反省も込《こ》められているようです。

安楽死については、まだ医学界でほとんど取り上げられていない大正時代に、医学者らしい発想です。幼《おさな》い姉弟、茉莉《まり》と不律《ふりつ》は同時に百日ぜきにかかりました。生後半年の不律《ふりつ》は亡《な》くなり、四歳《さい》の茉莉《まり》も医師《いし》からあと一、二日と告《つ》げられます。その枕元《まくらもと》に座《すわ》ったまま鷗外は涙《なみだ》が止まりませんでした。茉莉《まり》は助かりましたが、この体験、心の痛《いた》みが『高瀬舟《たかせぶね》』を書かせたといわれます。公務《こうむ》をこなす間、やはり三、四日で書き上げられています。

『寒山拾得《かんざんじっとく》』は、前作『高瀬舟《たかせぶね》』を書き終えて二日後にはもう書き終えます。「子どもにした話をほとんどそのまま書いた」としていますが、これも古典によるものです。

巻物《まきもの》をひらく寒山《かんざん》とほうきを手にする拾得《じっとく》、ぼさぼさ髪《がみ》の二人の画は、よく掛《か》け軸《じく》などに見られます。寺などでは、文殊菩薩像《もんじゅぼさつぞう》は獅子《しし》に普賢菩薩像《ふげんぼさつぞう》は白象《はくぞう》に乗り、釈迦如来像《しゃかにょらいぞう》の両脇《りょうわき》に安置されています。

本文中では、道（真理、宇宙《うちゅう》の原理）や宗教《しゅうきょう》に対する態度《たいど》に三通りあるとして、二番目に「日々の務《つと》めは怠《おこた》らずに絶《た》えず道に志《こころざ》していることもある」と指摘《してき》しています。杏奴《あんぬ》は「父などは、正にこの部類に属《ぞく》する」と指摘《してき》します。日々の務《つと》め、つまり役所や会社の仕事、家庭での炊事《すいじ》、洗濯《せんたく》、これらすべてが「道そのもの」です。禅宗《ぜんしゅう》でも、「平常心《へいじょうしん》これ道」といいます。鷗外はこうした日常《にちじょう》の生活を最も大切にしていました。日常《にちじょう》のどんなささいな事でも大切にする心、態度《たいど》です。鷗外は仕事を「為事《しごと》」と書きます。仕事は会社や役所に仕える事であるのに対し、「為事《しごと》」は自らが為《な》すべき事を意味します。

長々と肩書《かたが》きを名のる俗物《ぞくぶつ》の閭《りょ》は、寒山《かんざん》と拾得《じっとく》に笑い飛ばされてしまいます。『高瀬舟《たかせぶね》』の同心《どうしん》と同じように、閭《りょ》は権威《けんい》への真実のない形だけの尊敬《そんけい》であり、これに対する冷ややかな笑い、嘲笑《ちょうしょう》といえます。「学問と芸術《げいじゅつ》」にこそ高い価値《かち》をみる鷗外の世界とは遠くかけ離《はな》れたものです。間もなく軍服を脱《ぬ》ぐことになる鷗外の涼《すず》しげな心境《しんきょう》もうかがい知れるようです。

文章の最高目標を「格調《かくちょう》と気品」という作家の三島由紀夫《みしまゆきお》は、鷗外の「簡潔《かんけつ》で清《せい》浄《じょう》な文章」を絶賛《ぜっさん》してやみません。閭《りょ》が命じた水を少女がもって来る場面に注目し、「水が来た」というなにも修飾《しゅうしょく》のない表現《ひょうげん》に深い感銘《かんめい》を受けています。漢文を基調《きちょう》とした簡潔《かんけつ》さと明晰《めいせき》さです。みなさんも鷗外の原文をぜひ読んでみてください。

V 常識《じょうしき》なきを憂《うれ》えない

一九一六（大正五）年四月、陸軍軍医総監《そうかん》・陸軍省医務《いむ》局長を辞任《じにん》し、三十五年間の軍医生活に別れを告《つ》げます。翌年《よくねん》末には帝室《ていしつ》博物館総長兼《そうちょうけん》図書頭《ずしょのかみ》と再《ふた》び官職《かんしょく》につき、その後も帝国美術院《ていこくびじゅついん》初代院長となります。軍服を脱《ぬ》いだ鷗外は初めて背広《せびろ》をつくりました。

このころを転機に、鷗外文学の最高傑作《けっさく》といわれる『渋江抽斎《しぶえちゅうさい》』『伊沢蘭軒《いざわらんけん》』『北《ほう》条霞亭《じょうかてい》』の史伝《しでん》三部作があい次いで新聞紙上に連載《れんさい》されます。江戸《えど》時代の医師《いし》、儒《じゅ》学者《がくしゃ》の生涯《しょうがい》を淡々《たんたん》と描《えが》いた漢文まじりの長文の史伝《しでん》には、新聞読者の中から難《むずか》しいという不満も出ました。掲載《けいさい》した新聞社もうろたえます。だが鷗外は少しも動じることなく、「しかしわたくしは学殖《がくしょく》なきを憂《うれ》うる。常識《じょうしき》なきを憂《うれ》えない」と読者に迎合《げいごう》しませんでした。

友人にあてた手紙をみると、激動《げきどう》する社会の動きを鷗外は冷静な眼《まな》ざしで見つめています。政治上《せいじ》の重大な争点になっている選挙制度《せいど》については、「道理からいえばやはり国民全体の代表とする方が合理的でどうしても強い」とし、納税額《のうぜいがく》による制限《せいげん》などを設《もう》けない普通《ふつう》選挙を支持《しじ》します。

また国家の基本姿勢《きほんしせい》として、「政府《せいふ》ノ経済《けいざい》ハ国庫ヲ富マス事ノミ考エズニ富ノ分配ヲ謀《はか》ル事必要ナルベシ」と書いています。明治以来のスローガン「富国」ではなく、必要なのは「富の分配」つまり社会的な公正だと強調しているのが注目されます。

毎年秋、奈良の正倉院《しょうそういん》で催《もよお》される宝物《ほうもつ》や古文書《こもんじょ》などの虫干《むしぼ》し、曝涼《ばくりょう》をいつも楽しみにしていました。一か月ほどの奈良滞在《たいざい》では、嫌《きら》いな旅館を避《さ》け、官舎《かんしゃ》や借りた農家に寝起《ねお》きしています。好物のサツマイモを一俵《ぴょう》買い置きし、三食とも食べていたようです。

奈良からは、子どもたちや志げ《し》によく手紙を書き送りますが、あまり返信はありません。「〇こっちからは毎日郵便《ゆうびん》を出しているが東京からは五日間に手紙が一本しか来ないのだからまるで様子がわからない。〇おかあちゃんの風はもうなおったろう」

一九二二（大正一一）年三月、ヨーロッパに出かける茉莉《まり》と於菟《おと》を東京駅に見送ります。前年秋ころから鷗外の体調はすぐれず、腎臓病《じんぞうびょう》と肺結核《はいけっかく》が悪化して、このときにはかなり衰弱《すいじゃく》していました。於菟《おと》は駅頭に、父の「腰《こし》を前にかがめ、見るも痛《いた》ましい姿《すがた》」を見ています。これが二人との永遠《えいえん》の別れになります。

英国皇太子《こうたいし》の正倉院《しょうそういん》見学に立ち会うために、四月末から十日間ほど病をおして奈良に出張《しゅっちょう》します。東京にもどっても、奈良で買ってきたつえをつき足をひきずるようにして、博物館と図書寮《ずしょりょう》へ毎日通いました。医師《いし》である鷗外は、自分の病状《びょうじょう》はわかっていましたが、生来の強い精神《せいしん》力、克己心《こっきしん》をみせます。見かねた志《し》げは、勤《つと》めを休むように何度も泣いてたのみ、親友の賀古《かこ》も心配して忠告《ちゅうこく》の手紙を送ります。

このころ鷗外は、元号の出典と理由を研究した『元号考』の著作《ちょさく》に心血を注いでいました。賀古《かこ》の手紙に、「コレヲヤメテ一年長ク呼吸《こきゅう》シテイルトヤメズニ一年早ク此世《このよ》ヲオイトマ申ストドツチガイイカ考物デアル又僕《またぼく》ノ命ガ著述《ちょじゅつ》気分ヲステテ延《の》ビルカドウカ疑問《ぎもん》デアル」と返してきます。

ようやく六月半ばになって役所を休みます。自宅《じたく》で療養《りょうよう》するようになり、やっと医師《いし》の診察《しんさつ》を受けます。そして翌月《よくげつ》の七月九日早朝、鷗外は眠《ねむ》ったまま亡《な》くなりました。享年《きょうねん》六十。於菟《おと》と茉莉《まり》は外国、杏奴《あんぬ》と類《るい》は知人に預《あず》けられていて、愛する子どもたちはだれも臨終《りんじゅう》の場にはいません。妻《つま》の志《し》げと弟の潤三郎《じゅんざぶろう》、それに賀古《かこ》らがいました。

亡《な》くなる三日前、賀古《かこ》を病床《びょうしょう》に呼《よ》んで、「遺言《ゆいごん》」を口述筆記《こうじゅつひっき》してもらいました。

「余《よ》ハ石見人《いわみのひと》森林太郎《もりりんたろう》トシテ死セント欲《ほっ》ス宮内《くない》省陸軍皆縁故《みなえんこ》アレドモ生死別ルル瞬《しゅん》

間《かん》アラユル外形的取扱《とりあつか》イヲ辞ス　森林太郎《もりりんたろう》トシテ死セントス　墓《はか》ハ森林太郎墓《もりりんたろうはか》ノ外一字モホルベカラズ」

この有名な遺言《ゆいごん》の解釈《かいしゃく》をめぐっては、なお議論《ぎろん》が続いています。東京三鷹《みたか》の禅林寺《ぜんりんじ》と郷里津和野《きょうりつわの》の永明寺《ようめいじ》にある墓石《ぼせき》は、その遺言《ゆいごん》どおり「森林太郎墓《もりりんたろうはか》」と彫《ほ》られているだけです。

鷗外は最後に、輝《かがや》かしい経歴《けいれき》をすべて投げ捨《す》て、世俗《せぞく》の権力《けんりょく》や権威《けんい》をきっぱりと拒否《きょひ》しました。寒山拾得《かんざんじっとく》のような鷗外の笑い声が聞こえてくるようです。

「自分は先生の後姿《うしろすがた》を遥《はるか》に望む時、時代より優《すぐ》れ過《す》ぎた人の淋《さび》しさという事を想像《そうぞう》せずにはいられない」（永井荷風《ながいかふう》「鷗外先生」）

（了）

（編注《へんちゅう》）原則《げんそく》として、引用文の旧仮名《きゅうかな》づかいは現代仮名《げんだいかな》づかいに、旧字《きゅうじ》は新字に、漢字は常用《じょうよう》漢字、ひら仮名《かな》に改めました。

現代語訳
渡邉文幸（わたなべ・ふみゆき）

1948年、静岡県生まれ。共同通信社記者、法務省広報企画アドバイザーを経て、現在フリーランスのジャーナリスト。著書に『指揮権発動』『検事総長』『江戸っ子漱石先生からの手紙～100年後のきみへ～』『笑いの力、言葉の力～井上ひさしのバトンを受け継ぐ～』などがある。

スラよみ！　日本文学名作シリーズ③
山椒大夫

2024年10月初版
2024年10月第1刷発行

作　森鷗外
現代語訳　渡邉文幸
発行者　鈴木博喜
発行所　株式会社理論社
〒101-0062　東京都千代田区神田駿河台2-5
電話　営業03-6264-8890
編集03-6264-8891
URL https://www.rironsha.com

カバー画・挿画　クリハラタカシ
ブックデザイン　守先正
組版　アジュール
印刷・製本　中央精版印刷
編集　小宮山民人

ISBN978-4-652-20639-3　NDC913　四六判　19cm　P174

スラよみ！
日本文学名作シリーズ

1 杜子春　芥川龍之介

現代語訳＝松尾清貴

貧しい若者が一夜にして、洛陽一の金持ちになった。表題作他、『トロッコ』『戯作三昧』『開化の殺人』『藪の中』を収録。短編小説の名手、芥川龍之介の最高傑作集。

2 人間椅子　江戸川乱歩

現代語訳＝川北亮司

椅子の中に隠れて暮らしている、奇妙な男の体験談。表題作他、『D坂の殺人事件』『白昼夢』『押絵と旅する男』を収録。怪奇小説の名手、江戸川乱歩の最高傑作集。

3 山椒大夫　森鷗外

現代語訳＝渡邉文幸

人買いに売られた悲運な姉弟、安寿と厨子王の物語。表題作他、『最後の一句』『高瀬舟』『寒山拾得』を収録。ロマンと現実をみつめた作家、森鷗外の最高傑作集。

以下続刊